メディアワークス文庫

目的地はお決まりですか？

～森沢観光どこでも課～

神戸遥真

目　次

Preparation

それは今から十年前、高校一年生の夏休みのこと。

白壁の巨大ホテルをそのまま海に浮かべたような豪華客船。普通だったら、乗ることを想像しただけでドキドキとわくわくが止まらないんだろうなと、私は一人冷静に考えながら、デッキから果ての見えない海原を眺めていた。

家族連れやカップルばかりの豪華な船で、なぜか私は一人ぼっち。

……お父さんが私との約束をドタキャンするのはいつものこと、わかってたのに。

一人、のこのこと船に乗ってしまったことが悔やまれる。乗船時間になっても現れない父に電話したら、『せっかくだから楽しんできなさい』だって。

「高校生にもなって家族旅行？」なんて訊いた私に、「たまには亜夜とゆっくり旅行するのもいいかと思ったんだ」なんて言ったのは誰だっけ？

大きな客船はほとんど揺れなど感じさせず、凪いだ海を進んでいく。

考えれば考えるほど苛立ちとやるせなさが膨れ上がり、父なんかに期待した自分を悔いていたときだった。

「クルーズ、楽しめてますか？」

　声をかけてきたのは、襟つきシャツにラフな薄手のジャケット姿の、二十代前半くらいの若い男性添乗員だった。乗船時に自己紹介された、旅行会社の人。にこにこした丸い目が、四角いメガネの奥から私を見つめている。

　私が答えないでいると、メガネの添乗員はおもむろに観光ガイドらしき冊子を開き、私の眼前に突きつけてきた。

「明日の寄港地のそばにある市場、海鮮丼が絶品なんですよ」

　クルーズツアーは五日間。船は毎日様々な地に寄港し、乗客はその都度船を下りて観光するのが基本的な楽しみ方。一人で好きに観光してもいいし、旅行会社などが用意しているオプショナルツアーに参加するのも自由。

　思いがけず一人でクルーズに参加することになった私は、当然寄港地での過ごし方なんてノープラン。とはいえ、一人でオプショナルツアーに参加するのは気が引ける。

「それなら、一人でも見て回れるプラン、こちらで考えましょうか？　現地での交通なども、手配できるだけしますよ？」

　元来人見知りな私は、初対面の人と話すのが得意じゃない。けどこのときばかりは、一人きりで慣れない客船に乗っているという心細さからか、素直にメガネの添乗員の話に耳を傾けた。

「一人でも安心して楽しめるように、ばっちり準備しますからね！」

こうして翌日、メガネの添乗員が用意してくれたプランはまさに絶妙だった。

私が電車に乗るのが好きだと答えたら、現地の鉄道のフリーパスを予約してくれ、電車で回れる観光コースをいくつか考えてくれていた。

用意してくれた案内には、観光地の由来や歴史なども簡単にまとめられていて、そこから興味があるものをいくつか選ぶと、さらに細かなルートを考えてもくれた。

そして、最終的にはわかりやすい地図とガイドのコピーを渡され、そこにはどれくらいの時間で回れば出航時刻までに問題なく船に戻ってこられるかも書いてあり、電車の時刻表まで添えられていた。

「せっかくの旅行なんですから、色んなものをたくさん観て、おいしいものをたくさん食べたもの勝ちです！　楽しんできてくださいね」

……あとから考えれば。

きっとメガネの添乗員は、ツアーに参加できなくなった父に頼まれたかなんかして、私を気にかけてくれていたんだろう。

けどあのとき単純な私は、メガネの添乗員のそんな言葉にふてくされていたのも忘れ、そうだせっかくの旅行なんだし、と旅を楽しむ気持ちになれたのだ。

メガネの添乗員が勧めてくれたプランは期待を裏切らず、旅行がこんなに楽しいものだとは、と目からうろこがポロポロ落ちた。両親が不仲で幼い頃に離婚したこともあり家族旅行の思い出もないし、集団行動も苦手で学校の修学旅行もただただ苦行でしかなかったからだ。

一人でも楽しいじゃん。

一人なら楽しいじゃん。


――メガネの添乗員がくれたそんなプランは、その後の私の人生にまで大きな影響を及ぼした。

あのときの経験をきっかけに一人旅に目覚めた私は、趣味を訊かれたら迷いなく「一人旅」と答えるようになるくらい、旅行をくり返すようになったのだ。

大学時代にはアルバイト代を貯(た)めて、日本国内だけでなく海外にも度々訪れた。

そして社会人になった私は、とうとう旅行会社である森沢(もりさわ)観光に就職を果たした。

Plan 1：さよならの旅

森沢観光に入社して四年目の春。

私は窓際族になった。

学校を卒業して社会人になっても、人付き合いは苦手なまま丸三年が過ぎた。とはいえ、好きな旅行の仕事はできているし、おひとりさまを愛しているので特に問題はない。波風立てず目立つことなく、無難に好きな仕事をコツコツとやれていればよかった——のに。

春の人事異動で、国内商品仕入企画部1課から3課へと異動になった。

「お世話になりました」

正式な異動の挨拶は昨日までに済ませていたけど、荷物をまとめて七階のフロアを去り際、一応課長には改めて声をかけた。

課長はこれといって表情の変化もなく、「ま、3課でもそれなりにな」と当たり障りのない言葉を返してきた。以上、挨拶は終了。近くの席の課員たちの視線も感じたが声をかけられることはなく、みな気まずそうに目を逸らして自分の仕事に戻ってく。

――3課に異動ってヤバくない？

そんな風に同僚たちが陰で話していたのをうっかり立ち聞いてしまったのは数日前。課を異動するだけで何がヤバいのか、訊くことは叶わず今日を迎えた。

段ボール箱の荷物を抱えて慣れたオフィスを出、下りエレベータの到着を待つ。

我が森沢観光の本社ビルは、東京都心、東銀座に位置する。ブランドショップや老舗百貨店などが並ぶ銀座界隈から少し外れた場所。そのビルの七階から一階に私の席は移動となる。異動といってもオフィスのフロアが変わるだけ、辺境の地に飛ばされるわけでもないし……。

私が所属している国内商品仕入企画部というのは、国内旅行のプランを作り、仕入や手配までを行う部署だ。昨日まで所属していたのが、東日本エリアの募集型パッケージプランの作成を主に担当する1課。そして今日からお世話になるのが、個人向けオーダーメイドプランの作成を担当する3課。

一階に到着したエレベータを降り、給湯室や会議室などのある一角を抜けてオフィスエリアを覗いた。社員用のデスクがずらりと並んだスペースと、それを横に区切る長いパーティション。パーティションの向こうは、お客さまの相談を直接受けるためのカウンターになっている。接客用のカウンターと待合椅子、パンフレットが置いてあるラック、そして正面入口にはガラスの自動扉。カウンターではお客さまのご要望を直接聞き、プランを勧めて予約なども承る。主に販売部が担当している仕事だ。

そんな販売部の社員が占めるオフィスエリアのすみに、私の目指す3課の席はあった。『国内商品仕入企画部3課』という小さなプレートが、青い海や温泉地を紹介するポスターに紛れ、そばの壁に貼ってある。

近くにはデスクが三つあるけど誰もいない、と思った直後。

「重そうな荷物だね」

抱えていた段ボール箱を背後からひょいっと奪い取られてビクついた。

「あ、ごめん、驚かせちゃった？」

すぐ後ろ、ちょっと身体(からだ)のバランスを崩したら触れられそうなほど近い距離に二十代半ばくらいの男性が立っていて、私は慌てて一歩離れる。

私の荷物が詰まった段ボール箱を軽々と持ち上げているその男性は、アイドルグループにでもいそうな、甘いマスクをしていた。

いかにも愛想がよさそうな人好きのする顔で、睫毛(まつげ)の長いはっきりした目が私を見ている。髪色はやや明るい茶だが、ムラがないので地毛かもしれない。ラフな紺色のジャケットに淡い水色の襟つきシャツという、社で推奨しているビジネスカジュアルのお手本のような服装。いいブランドなのか、どこかおしゃれな空気が漂っている。

「うちの課に用？」と、訊かれて気がついた。

「もしかして、3課の方ですか？」

「はい、課長の榊です」

課長、という肩書きがあまりに似合わないその童顔を二度見した。二十五歳の私と同じくらいかと思ったけど、もっと上なのかも。

「今日から3課に配属になりました、川波亜夜と申します。どうぞ――」

よろしくお願いします、と最後まで口にする前に、榊課長は目を丸くして私の段ボール箱を近くのデスクの上に勢いよく置いた。段ボール箱がデスクの上に置いてあった何かを押し退け、ガチャガチャと倒す音が響く。

急にどうしたんだろうと思っていたら、がしっと右手を両手で包み込まれるように握られて悲鳴が出かけた。

「君が川波さん⁉」

まじまじと見てくる榊課長と、握られた手を見比べる。

「川波ですが何か……」

さりげなく手を解こうとしたものの、ますますがっちり握られてしまって逃げられない。おまけに榊課長はそれをいいことに、また一歩距離を詰めてくる。

　身の危険を感じて「近いです」と小さく抗議すると、榊課長はパッと笑顔になって手を離した。

「ごめん、ちょっとびっくりしちゃって。川波さん、メガネなんてかけてたんだ。髪も伸びてるし、そりゃわからないよねー」

　なんのことかと思ったけど、入社してすぐの頃はメガネをかけておらず、社員証などはメガネのない写真を使っているのを思い出した。きっとその写真でも見たんだろう。あの頃は髪も短く、今みたいに肩に届くほど長くなかった。

　この数年はずっとセルフレームのメガネをかけている。明るいブラウンの縁に、スクエアタイプのレンズ。店頭で見つけたときに、こういうメガネが欲しかった、と思ったのを覚えてる。

「川波さんの席は――」

「どうかしたんです？」と今度は低い男性の声が聞こえ、榊課長がふり返った。

「あ、倉持、おかえりー」

　現れたのは、榊課長よりさらに五センチくらい背が高い、ダークグレーのスーツ姿の痩身の若い男性だ。シュッとした顎のラインに切れ長の目、黒のミディアムヘア。

甘いマスクで人懐こい雰囲気の榊課長とは真逆、見るからにクールそうな冷めた表情。

男性は両手に書類の束を抱えたまま、私を一瞥してから榊課長に訊いた。

「誰です？」

「この間、話しただろ。今日からうちの課に配属になった川波亜夜さん。——川波さん、彼は倉持柊人くん。倉持は今年で入社三年目だから、川波さんの方が先輩だね」

とりあえず、なんだかよくわからない榊課長と二人じゃなくて心から安堵する。

「今日からお世話になります、川波です」と自己紹介をしたが、倉持くんはわずかに目を細めただけで私には応えず、榊課長にピシャリとした口調で返した。

「入社年数とかどうでもよくないですか？」

仮にも課長相手にその言い方かと思ったけど、いつものことなのか榊課長に気にした様子はない。

倉持くんは手にした書類を置きたいのか、そばのデスクの前まで移動した。が、その上は榊課長が置いた私の段ボール箱ですでに占拠されており、みるみるうちにその目が吊り上がっていく。

「この邪魔な箱はなんですか？」

「あ、ごめん。川波さんが重そうに持ってたから、咄嗟にそこに置いちゃった」

「そこにって……おいふざけんな！　俺のコレクションぐちゃぐちゃだし！　都道府県別に綺麗に並べてたのに！」

倉持くんは書類の束を榊課長に押しつけるなり、私の段ボール箱を両手で抱えてどかし、近くの壁際、床の上に乱暴に下ろした。

露わになった倉持くんのデスク、畳まれたノートパソコンの奥には、仕事を選ばないことで有名な猫キャラのご当地キーホルダーが無数にあり、お手製らしい雛壇に画鋲で留められていた。が、段ボール箱を置かれたせいかごちゃごちゃだ。ほかにもデスクの上には、小さな人形やキーホルダーなどがぎっしり。

キャラグッズコレクター……？

「倉持ってばヒドくない？　それ亜夜さんの荷物なのに！」

そして、いつの間にか榊課長は私のことを名前呼びしている。初対面の上司じゃなければ、「ご遠慮ください」と冷たく返したい。

「俺のコレクションに比べたらそんなものゴミも同然だ」

おまけに、私の荷物はゴミ呼ばわり。この後輩も人としてどうなのか。

「亜夜さんごめん、荷物があんなところに……」

榊課長は段ボール箱に手を伸ばしたいのか右往左往するが、残念ながらその両手はすでに書類で塞がっている。

「別にかまいませんし」と一応フォローした。

一方、倉持くんは「あーっ」とさらに悲痛な声を上げる。

「ストロベリーミルクタルト、くずくずじゃないですか！」

よく見れば、机の上にはキャラグッズのほかに、高そうなチョコレートの箱やお菓子の個包装などもたくさん。そのうちの一つが、ぺしゃんこになってしまっている。

けど、榊課長は「胃に入れれば一緒だろー」などと悪びれた様子はない。

「口の中に入れた瞬間の楽しみをなんだと思ってんですか！　それにこのタルト、三ヶ月前から予約してやっと手に入れたのに！　だから３課の課長なんですよ！」

文句を言うだけ言って自席に着き、倉持くんは机上の整理整頓に着手し始めた。

「……ったく、倉持はしょうがないなー」

どう考えても榊課長が悪いけど、榊課長は特に反省もせず抱えていた書類を自分のデスクへと持っていく。そのデスクはツアーのパンフレットや観光ガイドなどでうずたかい山ができていて、天然のパーティションとなっていた。

「あ、亜夜さんの席は倉持の向かいです」

言われなくてもわかってた。空いている席はそこしかない。

倉持くんにチラと睨まれ、感じた殺気は気がつかなかったことにする。

そうして壁際にどかされた段ボール箱を、両手で抱え上げた瞬間。

段ボール箱の底が抜け、書類ファイルや文具など、中身がバラバラと辺りに散らばった。

あーあと言わんばかりの視線を寄越すだけの倉持くんの一方、すかさず榊課長が手伝いに来る。

「一人でできるんで、課長の手はお借りしなくても……」

「課長だなんて他人行儀な！　なんなら『祐一』って下の名前で呼んでもらっても！」

「いや、名前はちょっと」

たちまち榊課長は尾の垂れた子犬のようになってしまい、仕方ないので譲歩した。

「じゃあ、榊さん、で」

榊課長——榊さんの顔がパッと嬉しそうなものに変わる。課長の威厳とかまったくない。

辺りに散らばってしまった付箋やボールペンを拾いつつ、榊さんは話しかけてくる。

「僕、亜夜さんがこれまで企画したツアー、ひととおり見たんだ」

これまで？　と疑問に思い、続きを聞いてあ然とした。

「山梨のツアー、特によかったよね。ワイナリー巡りのクーポンがついてて、移動の足もちゃんと考えられててさ。感心したよ」

企画した自分でも思い出すのに時間を要すような、数年前に企画したツアーの一つ。榊さんは手を動かしながらその後もいくつかのツアーについて感想を述べ、実際の集客はどうだったかなどを質問してきた。おかげで榊さんの口にした「これまで」が、入社以来私が企画してきたすべてのツアーのことであると嫌でも察せられてしまう。

どうして、こんなに細かく覚えてるんだろう。私の仕事ぶりを見るために調べた？

邪気のなさそうな綺麗な顔をしているくせに、馴れ馴れしいし無駄に私の情報を調べているみたいだし油断ならない。薄々感じ始めていた苦手意識がおかげで明白なものになった。必要以上に踏み込まれるのは勘弁してほしい。

ガムテープで底を補強し、散らばった荷物を入れ直した段ボール箱を私の新しいデスクに運ぶと、榊さんはパーティション越しに倉持くんに声をかけた。

「じゃ、うちの課の業務説明、倉持にお願いしていい？」

キャラグッズの整頓は終わったらしい。潰れてしまったタルトを片手にノートパソコンを開いていた倉持くんが、さも嫌そうに眉間に皺を作った。

「説明するような業務あります？」

「そこはほら、一応?」

倉持くんは返事の代わりにため息を返したが、それは了承の意だったんだろう。

「説明するんで、ちょっとこっちの席に来てもらっていいですか?」

かくして、かわいいものだらけのデスクに近づいた。このトゲトゲした雰囲気と、趣味と味覚とのギャップについては触れずにおこう……と、思っていたのに。

倉持くんがおもむろに引っぱったデスクの一番上の引き出しを見て小さく吹いた。

「なんです?」

「なんでもないです……」

文具でも取り出すのかと思ったのに、中は多種多様な飴(あめ)やラムネの個包装だらけ。

「……糖分は脳にいいってだけです」

私の考えを読んだのかそんな言い訳をされた。もちろん突っ込まないでおく。

倉持くんは引き出しから苺(いちご)柄の包装を取って破り、ピンク色の飴玉を口に放るとノートパソコンの画面を見せてきた。長い指でマウスを操作してメーラーを起動する。

「あとで川波さんの社内メール、教えてください。3課共有メールを閲覧できるように設定します」

そして、倉持くんは訥々(とつとつ)と説明を始めた。

森沢観光では、個人向けの国内プランを「ジャパン・フォレスト」というブランド名で展開している。

ジャパン・フォレストのウェブサイトには、1課時代に私が企画していたような募集型のパッケージツアーの申し込み窓口のほか、お客さまがオーダーメイド旅行を発注するための窓口がある。後者の窓口から送られてきたお客さまからの要望が、3課にメールの形で販売部から転送されてくるのだという。

「問い合わせを確認して、適切な課のユニットにふり分けたり、お客さまのご要望に添うパッケージツアーがあれば、そちらを勧めるよう販売部に進言したりって感じですね」

あれ、と疑問に思う。

「3課でプランを作ったりは……？」

3課の仕事は、基本的にオーダーメイドプランの作成だと聞いていた。

すべての行程が決められている募集型のパッケージツアーとは異なり、オーダーメイドプランというのは、お客さまの「○○に行きたい」「こんなホテルに泊まりたい」といった要望に個別に応えて作成されるものだ。

1課が東日本、2課が西日本と担当エリアが明確に決められている一方、3課はお客さまの要望次第なので日本全国どこでも扱う。このため、3課はよそから〝どこでも課〟と呼ばれている、ということは私も前から知っていた。

「1課や2課にも、オーダーメイドプランを担当しているユニットがありますよね？東日本だったら1課、西日本だったら2課。専門の部隊がいるのに、うちが出ばる必要ないじゃないですか」

さも鼻で笑いたそうな表情だ。けど、納得できない。

「じゃあ、3課の仕事は……？」

「よそで引き受けるには面倒だったり、お客さまの目的地がはっきりしなかったりっていうケースですね。そういう場合はうちで引き取ってお客さまの相談に乗り、プランを作ることもあります」

「な、なるほど……？」

わかったようなわからなかったような。

私が首を傾げている間に、倉持くんはメールアドレスの設定を終えた。

「これで、販売部から送られてきた3課宛てのメールは川波さんのメーラーでも見られると思います」

「ありがとう」

「――そんなわけで、」

倉持くんは、榊さんのいる課長席を指差した。

「俺が持ってきた書類の束、先月の販売部の顧客アンケートなんで集計お願いします」

「販売部？　うち、国内商品仕入企画部だよね？」

倉持くんはいかにも面倒そうに私を見て、口内の苺キャンディを奥歯で噛み砕く。

「空気読んでください。よその雑用やるくらいには時間がある部署だって、さっきの説明でわかりません？」

３課は基本的に暇だ、と？

「いやいやいや……」

私がやりたいのは、アンケート集計じゃなくて旅行の企画なんだけど。

けどすでに倉持くんは私の方など見ておらず、今度は引き出しからメロンキャンディを取り出して何か書類を見始めている。仕方ないので私はそれに背を向け、アンケートの束を受け取るべく榊さんのデスクに向かった。

榊さんはというと、パソコンの画面を真剣な様子で見つめていて、声をかけるのがためらわれる雰囲気だ。けど、様子を窺っているとすぐに気づかれ、「ん？」と柔和な笑みで返してきた。

「早速、僕とおしゃべりしたくなった？」

「そういうわけじゃないんですけど……」

榊さんの机の上には、ジャパン・フォレストのパンフレットが複数広げられていた。そしてパソコンの画面には、アメリカのDoodle（ドウードウル）社がオンラインで提供している、Doodleストリートビューという地図サイトのサービスが表示されている。オンライン上で、パノラマ写真で構成された世界中の道路沿いの風景を見られるサービスだ。

何をしてるんだろうと思ったそのとき、ディスプレイの端にメールを受信した旨の通知が表示された。榊さんはマウスを操作し、早速メールを開く。

「あ、倉持に教えてもらった？　これが販売部から3課に来る問い合わせメール」

メール本文には、『お客さまからの問い合わせを転送します』という簡潔な文章と、お客さまからのものらしい要望事項が列挙されていた。

榊さんは画面をスクロールし、添付されていた画像ファイルを表示する。

遠浅のエメラルドグリーンの海岸と白砂の、ビーチの写真だった。海水浴客の姿もポツポツと小さく写っている。南の方のビーチリゾートだろうか。沖縄とか？

これまでずっと東日本エリア担当の1課にいたので、西日本の観光地にはあまり詳しくなかった。３課は日本全国を扱うようだし、勉強しなければ……。

「下阿蘇(しもあそ)ビーチかな」

「阿蘇……九州ですか？」

「そう。海が随分青いけど、これは加工して色調変えてるみたいだね」

こんな写真一枚で、すぐにわかるものなの？　さすが課長ってこと？

「なんで下阿蘇ビーチだってわかったんですか？」

「それはほら、周囲の山の形とか？」

海岸を囲むように、背景に木々の生い茂った森が写っている。けど、それが特徴的な地形なのか、私には判断できなかった。

私の疑問が解けないまま、榊さんはふんふん頷(うなず)きながら画像を閉じて、『写真は下阿蘇ビーチです。２課へ回してください』という内容のメールを作ると、さくっと送信してメーラーを閉じた。

と、そこで気がつく。

「もしかして……今のメールで、３課としての対応はおしまい、ですか？」

「だねー。場所がわかれば、うちで対処する必要ないし」

返す言葉に窮していると、榊さんは私の用事に思い当たったのか、デスクの端に寄せられていた書類の束を指差した。

「このアンケートの集計、頼まれた？」

「販売部のだって、倉持くんが……」

「倉持って、ホントによその雑用拾ってくるのがうまいんだよね。アンケート集計用のフォームがあるから、メールで送っておくよ」

「あ、ありがとう、ございます」

もう何も言えず、自席に戻ろうとしたら榊さんに引き留められた。

「一つ言い忘れてた！　――うちの課、基本的に残業禁止だからよろしくね！」

「……わかりました」

自席に戻り、アンケートの束をデスクの上、段ボール箱の上に置いた。キャスターつきの椅子に座り、目の前の段ボール箱をぼうっと見つめる。

この課で、定時まで過ごせるほどの仕事があるんだろうか。

――気づきたくなくても気づいてしまった。

企画部とは名ばかり。ここはいわゆる窓際族なのでは。

その日はアンケート集計やパンフレットの誤字訂正、古い書類の処分といった雑用が次々と倉持くんから回されてきて、企画部の社員らしい仕事など何一つしてないと気がついた頃には定時になっていた。

「明日もよろしくね」と終始にこやかで馴れ馴れしい榊さんに見送られ、本社ビルをあとにする。

四月初旬、午後六時半過ぎだともう日が沈んでいてビル風は冷たく、まだ薄手のコートが必要な季節だ。スプリングコートの前を合わせながら歩き、きらびやかな銀座界隈を通り抜け、ＪＲ有楽町(ゆうらくちょう)駅近くのカフェに入る。

急ぐ必要なんてまったくないのに、いつの間に早歩きになっていたのか、暖かい店内に入ったときには軽く息が上がっていた。呼吸を整え、二人がけのテーブル席をコートで確保してからカウンターにドリンクを買いに行く。

こうして席に着き、温かいハーブティーのカップを両手で包み込んだ。目蓋を閉じて頭を空っぽにし、静かに深呼吸。

けど、逃げようもない現実に、気持ちは落ち着くどころか落ちていく一方。

窓際族……。

「――亜夜！」と名前を呼ばれてふり返った。

「ごめんね、待った？」

いかにも慌てて来てくれた様子の江美さんが小走りで現れた。首を傾げるように私の顔を覗き込むと、シュシュでまとめたサイドテールの長い髪がさらりとその身体の前に流れる。スマホを見ると、待ち合わせの時間からすでに三十分ほど過ぎていた。

「まったく問題ないです。すみません、お忙しいのに付き合っていただいて」

「何言ってんの！　私も亜夜のこと気になってたからさ！」

江美さんはからっと笑い、ハンドバッグを肩にかけ直す。

「ドリンク買ってくるね。亜夜は何か食べた？」

「あ、私も一緒に行きます。夕ご飯、ここで食べちゃおうと思ってたんで」

私も貴重品の入ったバッグを手にし、江美さんと並んでカウンターへと向かう。このカフェにはカレーやサンドイッチといった軽食メニューもあるのだ。

「少し前に食べたんだけど、季節のカレーおいしかったよ。イチジクが入ってるの」

「江美さんが『おいしい』って言うなら外れはないですね！」

「えー、それは買いかぶりすぎじゃない？」

二人で肩を寄せてメニューを覗いていたら、ようやく気持ちが凪いできた。

……今日、江美さんと会う約束をしていてよかった。

江美さんこと日比野江美さんは、ずっと同じユニットでお世話になっていた先輩だ。

プラン作りのいろははすべて江美さんに教わったし、プライベートでも親と疎遠な私を何かと心配してくれ、今日みたいに一緒にご飯を食べることも少なくない。

会社での人付き合いはいまだに得意じゃないけど、江美さんだけは特別。頼りになる姉のような江美さんが親しくしてくれるだけで、私はいつだって心強い。

こうして江美さんはハムエッグのサンドイッチを、私は江美さんオススメの季節のカレーを注文し、それぞれ調理待ちの番号札を手に席に戻った。

席に着くなり、江美さんは「それでそれで？」と身を乗り出すように訊いてくる。

「どこでも課の仕事、どうだった？」

入社後、配属されてからずっと1課にいた私の初めての異動。江美さんとも違う課だし、内心心細かったことに気づいてくれていたのかもしれない。

「それが……」

江美さんにならなんでも話せる。私は今日一日の仕事を事細かに説明していった。

「どこでも課っていうわりに、企画の仕事は少ないってこと？」

「今日がたまたまってだけかもですけど……」

なんてフォローした自分の言葉を、自分がまったく信じていない。

同じ企画部とはいえ、デスクのあるフロアが異なるし、これまで直接的な接点もなかった。その実態がどんなものかなんて、予想外もいいところ。

多分、あれが〝どこでも課〟の日常。

「人事も何考えてんだろうね！」

江美さんが自分のことのように本気で怒ってくれ、ありがたく思っていたら注文していたサンドイッチとカレーが運ばれてきた。

二人で「いただきます」の挨拶をし、カレーをひと口食べて私は声を上げた。

「おいしい！　さすが、江美さんのオススメなだけありますね！」

我ながらわざとらしいはしゃいだ声になってしまったものの、そんな私に江美さんの顔からは怒りが引いた。代わりに、眉根を寄せて心配そうな顔になる。

「亜夜さ、本当にヤバかったら言いなよ？　亜夜は雑用やるために森沢観光に入ったんじゃないんだしさ」

「はい、ありがとうございます」

江美さんは、私がこの業界に入ったきっかけを知っている。1課に配属されて少し経った頃、周囲にあまり馴染めていない私を心配してくれたのか、今日みたいに食事に誘ってくれ、その際に話したのだ。

十六歳のとき の一人クルーズ旅行、声をかけてくれたメガネの若い男性添乗員、そして趣味になった、おひとりさま旅行。

そうして就職活動をするような年齢になり、自分が何をやりたいのか考えたとき、すぐに答えが出た。

あんな風に、誰かのために旅行を作る仕事がしたい、と。

柄にもなく熱っぽくそんな話をした私を江美さんは笑ったりせず、それどころか嬉しそうな顔までしてくれた。

——そういう軸がちゃんとあるのは、いいことだよ。

そして、江美さんはふわりと笑って拳を作った。

——私も負けてられないなって思っちゃった。一緒にがんばろうね！

希望していた業界で就職できて、仲のいい姉みたいになんでも話せる素敵な先輩もいて、本当に恵まれてるなって、少し前まで思ってたのに。

漏れそうになったため息を見せたくなくて、カレーのスプーンを動かした。

3課じゃ、仕事をがんばることすら難しいかも。

残念な予想に限って当たるというもの。

初日がたまたまなどということはなく、翌日もその翌日も、3課の私の元にやって来るのは雑用のみだった。

今日は朝から、どこかの企業の社員旅行用らしい旅のしおりをホチキスでパチパチ綴（と）じ続けている。単調な作業をこなしながら、つい口から愚痴が漏れた。

「3課の仕事、榊さん一人で足りてない……？」

販売部から3課共有メールに問い合わせが転送されてくること自体は少なくない。が、大半は榊さんが秒で捌（さば）いて他課に回すので、企画の仕事は私の元までやって来ない。

私の向かいの席で同じくホチキスを使っている倉持くんが、「黙って手を動かしてください」と私をあしらいながら飴玉を口の中でカラカラ鳴らす。

一方、席を外していると思っていたのに、ちょうどこちらに戻ってきた榊さんにも話が聞こえてしまっていたらしい。

「亜夜さんが来てくれただけで僕は嬉しいから！」

嫌みが通じるどころか爽やかな笑顔を向けられた。そして私のデスクまでやって来ると、「お裾分け」とマシュマロやらチョコレートやらを渡してくる。

……また販売部の女の子たちにもらったのかな。

このフロアでカウンター業務を担当している販売部員は女性が多い。そんな販売部の女の子たちと給湯室で談笑している榊さんを、昨日目撃したばかりだ。女の子たちにもらったお菓子を、榊さんは私や倉持くんにお裾分けだとよく持ってくる。

年齢を教えてもらって愕然（がくぜん）としたが、榊さんはにわかには三十三歳だと信じられない童顔で見た目は若く、人懐こくて物腰も柔らかい。販売部の子たちとも仲がよさそうだし、いかにも女子の扱いに慣れてるって感じがする。

女子っていう理由だけで「嬉しいから！」なんて言われても、本当に白々しい。

私みたいな愛想のないメガネ女子など鑑賞用にもならないんだから、かまわず放っておいてほしい。

なんて色々思うところはあれど、お菓子に罪はない。もらったチョコレートなどを摘まみつつ作業すること数十分、旅のしおりがようやくすべて完成したけど、まだ昼休憩にもなっていない。

時の流れの遅さを痛感していたら、「亜夜さん！」と榊さんがデスクの方から明るく声をかけてきて、げんなりしかけた。

「午後に相談予約が入ったんだけど、担当してみる？」

またしょうもない冗談かと予想していただけに、勢い余って席を立つ。

「お客さまがご来店されるんですか？」

「そう。会社が近いから直接相談したいんだって。行き先も決まってないそうだから、ひとまず3課で話を聞くことになったんだ」

3課でも、必要があればカウンターを使わせてもらえるのだという。

「倉持は接客苦手だし、僕がやってもいいんだけどさ。亜夜さん、企画の仕事やりたそうだったから」

私が日々不満を抱えていたことは、しっかり見抜かれていたらしい。

でも、何はともあれ企画の仕事ができるなら嬉しい。

「ぜひ担当させてください！」

ツアーの企画が主な仕事の1課では、お客さまと直接やり取りする機会はなかった。相談を受ける際の簡単な注意事項を榊さんに教えてもらい、早速準備に取りかかる。

昼食はコンビニ弁当で早めに済ませ、カウンターの一角を使わせてもらう手筈(てはず)を整えた。カウンターはパーティションで細かく区切られていて、私が使わせてもらうのは一番端、3課のデスクに近い席だ。ノートパソコンを移動させ、ジャパン・フォレストのウェブページを表示してすぐに検索できるようにしておく。

こうして昼の十二時半、予約していたお客さまが現れた。

「ご予約の渋沢さまですか？」

カウンターから声をかけると、入口近くに立っていた細身の男性がふり返った。

三十歳前後くらいで、ラフな丸襟のシャツにジャケット姿。ボディバッグを提げ直し、いかにも人のよさそうな笑みを見せてこちらにやって来る。

「すみません、急な予約で」

「いえいえ、こちらこそご来店ありがとうございます！」

どうぞ、と渋沢さんを席に案内し、私もその向かいに腰かけて自己紹介する。

「今回担当をさせていただきます、川波と申します。ご要望に添えるよう、精いっぱいがんばります。気になる点やご希望などあれば、遠慮なくおっしゃってください」

すると渋沢さんは、声を潜めるように口元に手を当てて。

「こんなお願いをするのも恐縮なんですけど……」

と、遠慮がちな口調でこんなオーダーをした。

「彼女に別れを切り出すための旅行がしたいんです」

渋沢さんは要望というかなんというか、とにかく色んなことを勢いよくしゃべっていった。

「結婚の約束をしてたんですけど、まぁちょっと、別れた方がいいかなって感じになっちゃって」

スマホを取り出し、カレンダーアプリを起動する。

「日程はこの辺かな……一泊二日で、あ、ご飯がおいしいところがいいなぁ。彼女、食事にうるさくて。リゾート地のホテルとか、おいしいレストランのあるところで」

渋沢さんが前屈みになると、ボディバッグのファスナーにつけられた半月型の赤いキーホルダーがぶらぶらと揺れた。

「一泊二日で、二日目の帰り際に別れ話をしたいんです。なので、帰りの足は時間をずらして別々がよくて。帰りが別々って、普通のツアーだとできないじゃないですか。あ、あんまり遠くじゃなくて、電車でさくっと行ける場所がいいかな。一人で帰るのに、時間がかかると微妙ですよね」

赤いキーホルダーがまた揺れる。よく見ると弧の部分は緑色で、それは布製のスイカだった。スイカキーホルダーは年季が入っており、赤い実の部分に所々擦れたような汚れがついている。

あくまで明るく気さくな雰囲気で話し続けた渋沢さんは、最後にスマホで時間を確認した。

「えっと、こんな感じでいいですか？　もうすぐ昼休み終わっちゃうんで」

仕事の昼休み中に来店してくださったらしい。ラフな格好ではあるけど、私服勤務のオフィスなのだろう。また明日来店されるというので、その際にこちらが考えたプランを提示し、説明する約束をしておいた。

こうして、渋沢さんは三十分に満たない来店時間で去っていった。

一人になって余計なことを考えそうになったものの、黙々と手を動かして使ったカウンターを綺麗にし、販売部の社員に声をかけてから3課の席に戻った。

「どうだった？」

私の姿を認めるなり榊さんが明るく訊いてくる。けど、ぐったりしてしまって答える元気もない。

お客さまの思い出作りのお手伝いが私の仕事。

なのに別れを切り出すための旅行なんて、すっきりしないにもほどがある。

素敵な宿に泊まって、おいしいお夕飯を食べて。楽しい旅行をしていたはずなのに、彼女さんは婚約者から別れを切り出されてしまうのだ。渋沢さんは明日も来店される。それまでに候補プランを考えなければと思うのに、閉じたノートパソコンの上に突っ伏した。

しばらくそのままじっとしていると、顔のすぐそばでカサリと音がして顔を上げる。

まっ赤なパッケージの林檎（りんご）キャンディ。

「何かあった？」

顔を覗き込んでくる榊さんの声は優しく気遣うようなもので、たちまち決まり悪くなって身体を起こした。

「こういうときは、甘いものでも食べてさ」

すかさず「それ俺のキャンディですけどね」と倉持くんが向かいの席から冷静な声をかけてきて、「これくらいいいじゃん」と榊さんが笑う。

さりげない気配り。こうやって女子の好感度を上げていくのか、などと考えつつも、確かにこういうときは糖分が欲しい。

「……いただきます」

林檎キャンディをありがたくいただいてから、私はポツポツと渋沢さんのオーダーについて榊さんに説明した。

「なんかその、感情的にすっきりしなくて……」、

「確かにねぇ」と榊さんはいかにも親身な様子で頷く。

「亜夜さんの気持ち、すっごくわかるよ」

「なら――」

「でも、3課（うち）ではよくあることだから」

榊さんはあくまでにこやかだったけど、その言葉にはどこか突っぱねるような空気を感じた。

それからふと、初日に倉持くんが説明してくれたことを思い出す。

――よそで引き受けるには面倒だったり、お客さまの目的地がはっきりしなかったりっていうケースですね。

1課にも2課にも回せない、よそで引き受けるには面倒な案件。

「もしかして、うちの課ってこんな依頼ばっかりなんですか……？」

榊さんは「うん、そう」とけろっとした口調で答える。

「基本的に変わったお客さまが多いし、似たり寄ったりかな。ごめんね」

その「ごめんね」に、なんだか足元を見られた気がした。

私がどう考えようが、仕事は仕事。

その後は渋沢さんの要望に添うプランを検討し、候補の宿泊施設の空室状況を確認し、つけられる特典などがないか既存のプランと比較したところで定時になった。

残業は禁止。もうさっさと帰ろうと思い、席を立ったら榊さんに声をかけられた。

「亜夜さん、このあと予定ある？」

榊さんはあくまでにこやかに訊いてくるものの、私は一方的に気まずさを覚えて口をつぐむ。

予定はないけど、あるともないとも答えられずにいたら榊さんは続けた。

「亜夜さんの歓迎会、やりたいなぁと思ってたんだ」

「私、そういうのはちょっと……」

1課にいた頃も、課の飲み会などはほとんどパスしていた。居酒屋でわいわいやるのは得意じゃない。会話に入るタイミングがわからなすぎて、最後は周囲に気を遣わせてしまうのがいつものオチなのだ。

仕事だと割り切っていれば、人と話すのは造作ない。けどそれがプライベートになった途端、色んなものがわからなくて困ってしまう。適切なタイミングも話題もわからず、他人の顔色を窺ってばかりなのは、学生時代から変わらない。

すると、私の背後で倉持くんが荷物をまとめて席を立った。

「俺、今日は用事があるんでパスで」

「倉持の用事なんて、どうせデパ地下の限定スイーツの発売日とかそんなんだろ！」

榊さんが引き留めるも、倉持くんはさっさとオフィスからいなくなる。マイペースな倉持くんのおかげで私も断りやすくなり、ペコッと頭を下げた。

「すみません、私も今日はちょっと……お酒も得意じゃなくて」

実のところ、得意じゃないのは「お酒」ではなく「お酒の席」なのだけど。

「そうなんだ。じゃあ、今度ケーキバイキングでも行こうか？　それなら倉持も来るだろうし」

さして親しくもない課員三人、しかも大人の男性二人を引き連れてケーキバイキングとか、気まずいにもほどがある。

何はともあれ、今日のところはまっすぐに帰れそうでホッとした。「お先に失礼します」と榊さんに挨拶し、そそくさとオフィスを出る。

そのまま社員用の出入口に向かおうとしたけど、気が変わってエレベータホールへ向かった。

……江美さん、いるかな。

以前は毎日同じフロアで働いていた。こんなに何日も顔を合わせないのはいつぶりだろう。

到着したエレベータボックスに乗り込み、『7』のボタンを押す。

立ち話でもいい、江美さんと少しでも話をして心を落ち着けたい。

じれったい気持ちが膨らむのを感じつつようやく七階に到着し、私はかつてのオフィスへ向かい、そっと様子を窺った。

空席なんてないどころか、私のように帰り支度をばっちり調えている者など一人もいない。働き方改革どうこうと言われるようになり、以前に比べると残業はだいぶ減ったものの、それでも3課のように毎日定時上がりなんて以前では考えられなかった。

オフィスのすみの方、ミーティングスペースでは数人の社員が真剣な顔で何か話し合いをしていて、そこに江美さんの姿もある。

かつては、あの中に私もいたのに。

ユニットごとに割り当てられたエリアのプラン候補を出し合って、ここは今話題で、このテーマパークが最近ネットで人気で、なんて意見を交わしていたのが懐かしい。

もう、あそこで仕事はできない。

誰にも気づかれたくなくて、そそくさとエレベータホールへと戻る。

込み上げそうになるものを呑み込み、到着したエレベータボックスに飛び乗って一階へ戻った。

大変なことや難しいことがそれなりにあっても、私は仕事が好きだった。通勤の満員電車すら、仕事をするためなら仕方ないと思えるくらいには。

だからまさか、こんなにも重たい気持ちで出社する日が来ようとは思ってもみなかった。

「おはようございます……」

デスクのあるフロアに入り、誰にともなく挨拶をして自席に着く。

すると、すぐに「おはよう」と明るい挨拶が返ってきた。榊さんだ。倉持くんも席にいるが、イアフォンをしてスマホを見ており、こちらに目を向けようとすらしない。

昨日の今日ですっきりしないものを抱えたままの私の一方、榊さんはいつ見ても明るく楽しそうで、悩みとかないのかな、なんて考えてしまう。

ずっと堪えていた大きなため息がつい漏れた。すると、すかさず榊さんに突っ込まれる。

「朝から大きなため息だなー。元気ないの？」

踏み込んでくる人は苦手。けど、私もそれなりに歳を重ねている。いつもだったら、「そんなことないですよー」とさらっと返して受け流せるのに。

カチンと来てしまった。

わけわかんない課に飛ばされて、お客さんはわけわかんないオーダーで。

「……こんなところで、元気なんて出るわけないじゃないですか」

まがいもない本音だった、けど。

あっと思ったときには榊さんの人のいい笑みが微妙なものに変わっていて、後悔するももう遅い。この歳になれば本音を口にするのが正しいとは限らないということくらい、学んでいたはずなのに。

話しかけても逆効果だと思ったのか、榊さんはそれ以上は何も言ってこなかった。

自席に戻り、パソコンの画面にその目を向ける。

……もしかしたら、大人だから明るくふる舞ってるってだけで、榊さんだってこんなところで好き好んで課長をやってるわけじゃないのかもしれない。

何も知らないのに、軽率なことを口にしてしまった。

そんな反省をしていると、いつから私たちのやり取りを聞いていたんだろう。倉持くんは私の方を見もせず、自分のスマホに目を落としたままボソリと呟いた。

「やる気がない課員が増えても、迷惑なだけなんですけど」

瞬間的に顔が熱くなった。

「倉持！」と榊さんがすかさずたしなめたものの、当の倉持くんはそのままスマホを操作し続けている。

「……やる気がないなんて、誰も言ってない」

やる気はこれでもかってくらいある。

3課が、そんな私のやる気を削ごうとするんじゃないか……！

ノートパソコンを開いて起動した。始業時間にはまだ早いけど、昨日考えたプランを再確認する。

個人的な感情は挟まない。自分にできる仕事をしっかりやるだけだ。

そうして昨日と同じ昼の十二時半、渋沢さんは再び来店した。昨日と似たようなジャケットにボディバッグという格好で、走ってきたのか額に汗が浮かんでいる。

「大丈夫ですか？」

冷たいお茶を出すと、渋沢さんは「ありがとうございます」と礼を言って一気に紙コップを空にした。

「ちょっと会議が押してしまって」

スマホをカウンターに置き、渋沢さんは椅子に腰かける。

お茶のお代わりを渡してから、私は用意していたプランの説明をした。

「短時間で気軽に行けるリゾート地をご希望でしたので、関東近郊で候補を用意させていただきました」

私はカウンターに、プリントアウトしたプランを並べて説明する。

「こちらが軽井沢、こちらが伊豆高原、そしてこちらは箱根です」

「へぇ……関東には詳しくなかったし、調べる時間もなかったんで頼んでみたんですけど、さすがですねぇ。海が見える場所ってあったりします？　二人とも海好きなんですけど」

「それなら、伊豆高原などどうでしょうか？　このリゾートホテルなら、少しお高くはなりますが、オーシャンビューの客室もご用意できますよ。ホテル内にもレストランがありますし、近くの料亭の予約も可能ですので、最終日は個室でランチをお召し上がりになるのもよいかと」

「個室のあるレストランいいですね！　別れ話するのによさそう」

さも楽しそうにそんなことを口にする渋沢さんに複雑なものを感じつつも、それには蓋をして説明を続けた。

「帰りの電車は、いくつかの時間帯から個別にお選びいただけます。もしもっと価格を安く抑えたいなどあれば、ジャパン・フォレストで用意している既存のパッケージツアーをカスタマイズする形にすれば、若干の制限はありますが同じホテル泊のプランを利用することも可能です。もちろん、列車の時間帯もお一人さまずつお選びいただけます」

「色々できるんですね。まぁでも最後だし、ちょっと贅沢（ぜいたく）してもいいかなぁ……」

そうして渋沢さんの希望を聞きながら宿泊や食事内容などを決めていき、十分ほどでおおよそプランは固まった。

「本日この場でお申し込みいただくこともできますが、どうなさいますか？　もしお時間がなければメールで改めて案内しますので、ご都合のいいときにネットで申し込んでいただくこともできます」

「じゃあ、メールでお願いします。もう昼休みも終わりそうだし」

「承知しました。それでは、こちらの資料だけお渡ししておきますね」

渋沢さんは私から書類を受け取ると、ペコッと頭を下げてから席を立った。ボディバッグについたスイカがぶらりと揺れる。

「変な注文ばかりつけてすみませんでした。丁寧に色々ありがとうございました」

「いえ、その……」

「素敵な旅になるとよいですね」とも、ましてや「きちんと別れを切り出せるとよいですね」などとも口にすることはできず、結局無難な言葉で返した。

「メール、すぐに送らせていただきます。ホテルなどは日々予約状況が変化しますので、早めのお申し込みお待ちしております」

「わかりました！」

渋沢さんを店の外まで見送り、その姿が見えなくなってからカウンターに戻った。すっきりしない気持ちを整えるように、広げたままの資料やパンフレットをかき集めていく。

渋沢さんは満足してくれた。

やるべき仕事はやった。可能な限りの提案もできた。

これでいいはずだって、思うのに……。

整理した書類の下から、何か四角くて硬いもの、スマホが出てきた。渋沢さんの忘れものだ。

慌ててスマホを掴(つか)んで店を飛び出し辺りを見回すが、似たような背格好の男性なんて平日のこの界隈には多すぎてまったく区別がつかない。国道十五号線の通りまで出たものの、状況は変わらず八方塞がり。

お店で預かっていれば、取りに来てもらえるだろうか。

事前に聞いていた連絡先は、スマホの番号とメールアドレスのみ。ひとまず店に戻ってメールで知らせてみよう、と踵(きびす)を返(かえ)しかけたときだった。

少し離れたところから、切羽詰まったような人の声が聞こえてきてふり返った。

地べたに男性が倒れており、通りすがりなのか、数人の男女がそれに声をかけたり介抱したりしている。

急病人か何かかと思いメガネの奥で目を細めた直後、血の気が引いた。

倒れた男性のジャケットの色に、見覚えがありすぎる。

「渋沢さまっ!?」

身体を横にして倒れている渋沢さんは苦しそうに顔を歪(ゆが)めており、駆け寄った私の声にもピクリとも反応しない。

　誰かが呼んだらしい、救急車のサイレンの音が近づいてきた。スマホを摑んだ私の手は、いつの間にか汗でじっとりしていた。


　まっ白な病院の壁を見つめ、待合室の椅子に座ったまま、私は途方に暮れていた。

　駆けつけた救急隊員に渋沢さんのことを訊かれ、流れで救急車に同乗することになり、倒れていたときの状況などを伝えて少し前に解放されたばかり。

　おまけに「ご家族の連絡先を知りませんか？」と訊かれて私が首を横にふった直後、渋沢さんのスマホに着信があり、水沼(みずぬま)さんという女性が出た。女性は事情を知るなりひゅっと息を吞み、『今すぐ病院に向かいます』と告げてこう続けた。

『私、彼の婚約者なんです』

　渋沢さんのことはもちろん心配だし、婚約者の方が来てくれるならありがたい。けど、気まずくてしょうがなかった。

　水沼さんと別れるためのプランを作っていたなんて、絶対に言えない。

　タクシーを飛ばしてきたのか、水沼さんは電話から三十分ほどで病院に到着した。

　明るいピンクのフレアスカートに半袖ニット。オフィスビルで受付業務でもやっていそうな清楚(せいそ)な雰囲気だ。

「渋沢さんのスマホを預かっていた、森沢観光の川波と申します」

私が自己紹介しつつ渋沢さんのスマホを渡すと、水沼さんは血の気の引いた顔で頭を下げてきた。

「ご迷惑をおかけして申し訳ありませんでした。それであの、渋沢は……？」

「ご家族が到着されたら、お医者さまがお話ししたいと聞いていたんですけど」

通りかかった看護師に水沼さんが到着した旨を伝えると、水沼さんは渋沢さんの病室へと案内されていった。

水沼さんの華奢（きゃしゃ）な背中が見えなくなるまで見送ってから、私は再び待合室の椅子に腰かけた。

ここにいてもしょうがないことはわかっていたけど、せめて水沼さんにもうひと言くらい挨拶したかった。そんなことで、水沼さんへの後ろめたさが薄らぐわけじゃないけど。

そうして十五分ほど経った頃、水沼さんが待合室の方に戻ってきた。その顔をますます青くしていて、やがて私に気づいて足を止める。

「ひと言だけでもご挨拶しようかと思って待ってたんですけど……」

長椅子から立ち上がりかけた私を手で制し、こちらにやって来た水沼さんは私の隣に勢いよく腰かけた。古い長椅子が悲鳴のような音を立てて軋む。

「ごめんなさい……頭、混乱してて」

「あ、じゃあお茶でも取ってきますよ。あそこにドリンクサーバーありますし」

「ありがとうございます。でも、平気です。すみません、気を遣っていただいて……」

水沼さんは持っていたかわいらしいピンクのハンドバッグを両手でぎゅっと抱きしめて顔を伏せ、それから無理やり作った笑顔で私を見た。

「川波さん、旅行会社の方なんですよね？　その、渋沢とは、どういった……？」

「渋沢さまは、旅行の申し込みに来られていたんです。その……彼女さんと旅行に行きたい、と」

彼女に別れを切り出すための旅をプランニングしていた、とは言えなかった。

「そうなんですか。確かに、ちょっと前に『この日は空いてるか』って予定を訊かれたんです。そういうことだったんですね」

「サプライズ、だったんですね」

健気な様子の水沼さんに、後ろめたさが数十倍に膨れ上がる。

不仲ならまだわかるものの、水沼さんはこんなに渋沢さんのことを心配してるのに。

なんで渋沢さんは別れたいんだろう……。

「脳腫瘍だそうです」

唐突にポツリと告げられた水沼さんの言葉に固まった。

「脳……？」

「腫瘍。彼が持っていたお財布に病院の診察券があって、こちらの病院から問い合わせたそうです。今日倒れたのも、その腫瘍が原因じゃないかって。数ヶ月後に手術の予定もあるって……もうわけわかんないです……」

そう口にするなり水沼さんの目から大きな涙がポロポロと落ちて、かわいらしいスカートに染みを作っていく。

「すみません……」

「いえその、話を聞くくらいなら、かまいませんので」

水沼さんはハンドバッグから取り出したハンカチで涙を拭き、それから大きく深呼吸した。

「私、なんにも知らされてなくて。なんでこんなときに旅行なんて……」

そう呟いてから、水沼さんはハッとして「ごめんなさい」と私に謝る。

「旅行会社の方なのに」

「いいですよ、そんなの当たり前です」

再びハンカチで目元を押さえた水沼さんに、私は自分のコミュニケーション能力の低さを呪った。

こんなとき、普通の人ならどんな言葉をかけるんだろう。

こういった場面に遭遇する度、人並みの会話もできない自分が恨めしくなる。私には、水沼さんを慰められるような気の利いた言葉なんて口にできない。

……私が話せることといえば。

「旅行って、非日常なんですよ」

唐突な私の言葉に水沼さんは嫌な顔一つせず、「非日常?」と返してくれた。

「いつもの生活とは離れて、色んなものを見たり、ゆっくりしたり。それに何より楽しいし、テンションも上がりませんか?」

「そうですね」

「渋沢さまもきっと……そんな、非日常の力を借りようと思ったんじゃないでしょうか。旅行で水沼さんにその、色んなことを話すつもりだったのかもしれませんよ」

私の言葉に水沼さんは笑おうとしたようだが、すぐに顔を歪めてハンカチで覆ってしまう。

もしかしたら渋沢さんは、手術もあり今後どうなるかわからないから、水沼さんと別れようとしていたのかもしれない。

やっぱり、余計なことを言ったかも。

水沼さんはしばらく顔を伏せて肩を震わせていたが、やがてゆっくりと赤い顔を上げた。

「本当にすみません、お引き留めしてしまって。お医者さまが、今日倒れたのは一時的なものだろうし、彼もそのうち目を覚ますだろうとおっしゃっていたので、そしたら旅行のことも訊いてみます」

「わかりました。あの、くれぐれもご無理はなさらないようにとお伝えください」

「はい、本当にありがとうございました」

水沼さんは幼い子どもがぬいぐるみを抱えるようにハンドバッグを両腕で抱きしめ、弱々しいながらも笑みを見せる。そんな水沼さんを直視できず、視線を下ろして頭を下げた私はあるものに気がついた。

かわいらしいハンドバッグには不似合いな、まっ赤な半月型のキーホルダー。

布製のスイカ。

その赤い果肉の部分には、白い糸で刺繡(ししゅう)された「おまもり」の文字が見えた。

病院から森沢観光までは乗り継ぎが悪く、帰社すると午後四時近くになっていた。

「おかえりなさい」

榊さんに優しく迎えられ、ようやく現実に戻ってきたように感じて気が抜ける。

「ただいま戻りました……」

自分のデスクに戻り、向かいの席を見ると倉持くんの姿がなかった。

すると、榊さんがさも愉快そうに説明してくれる。

「倉持はフレックス使って、デパ地下の限定スイーツの列に並びに行ったよ」

その自由さについ笑ったら、榊さんが気遣わしげに訊いてきた。

「渋沢さん、大丈夫だった？」

気は重いけど、報告しないわけにはいかない。

渋沢さんの病気のこと、婚約者の水沼さんのこと。

事情をポツポツ説明していくと、すっきりしない気持ちが余計に大きくなってしまった。

「やっぱり……別れ話をするためのプランなんて納得できません。水沼さんは渋沢さんのこと、とても心配してました。こんな旅行に行ったたって、誰も幸せになれない気がします。二人はお揃いのキーホルダーだってつけてて――」

まっ赤な、半月型の布製のスイカのキーホルダー。いや、チェーンではなく紐でくくりつけられていたから、キーホルダーではなく根付だ。

渋沢さんのものは汚れていて文字が読めなかったけど、水沼さんのものとお揃いだとすれば、赤い実の部分には「おまもり」の文字の刺繍があって……。

お守り？

「榊さん、ちょっとお訊きしたいんですが。果物の形のお守りを売ってる、お寺とか神社ってありますか？」

「果物？」

「スイカなんですけど……」

適当な裏紙に、スイカお守りの絵をボールペンで描いた。

私の絵心がないせいかもしれない。榊さんは首を捻ってしまった。

「うーん……」

「榊さん、色んなことご存知ですし、知ってるかもと思ったんですけど」

「僕、そんなに博識じゃないよ。人の顔もすぐ忘れるし。景色とか地形はすぐに覚えられるんだけど」

少し考えてから、榊さんはデスクの電話ではなく、自分のスマホをジャケットの内ポケットから取り出した。

「こういうのは、やっぱり倉持だよね」

そうして待つこと三十分以上、ケーキのものらしき箱を抱えた倉持くんがオフィスに戻ってきた。

「フレックスで退社した人間を呼び戻すなんて、ブラック職場もいいところですね」

「たまにはいいじゃん」

「課長がそういう態度なのはよくないんじゃないですか？　あと、このプレミアムクリーム・チーズケーキは誰にもあげません」

いかにも大事そうにデスクの上にケーキボックスを置いた倉持くんに、榊さんは私が描いたスイカお守りの絵を見せた。

「なんですか、この沢庵(たくあん)みたいな物体は」

「一応、スイカなんだけど……」

倉持くんはスッと目を細めて絵を凝視し、それからデスクのパーティション越しに私に紙を返してきた。

「多分、長谷寺(はせでら)のお守りですよ」

「長谷寺って、鎌倉（かまくら）の？」

「そうです」

鎌倉なら何度か行ったことがあるし、プランの作成を手伝ったこともある。

「江ノ島（えのしま）も近いし、海が見える温泉旅館もありますよね。鎌倉なら交通の手配は不要かな……宿泊のみのプランで、ちょっと考えてみます！」

私はジャパン・フォレストのウェブサイトを開き、鎌倉の宿泊プランを検索した。

「この人、何やってるんですか？」

早速チーズケーキの箱を開けている倉持くんに、榊さんが事情を説明する。

倉持くんは小さく鼻で笑い、すかさず突っ込んできた。

「そんな、頼まれてもないプラン作って意味あるんですかね？」

「意味があるかないかは、渋沢さまに決めてもらえばいいんです」

倉持くんはそれ以上は口を挟まず、意識をチーズケーキに戻した。箱から取り出したホールサイズのケーキを、プラスチックナイフで均等に切り分けている。

一方、榊さんはこちらにやって来て私の後ろに立った。

「鎌倉なら、いくつか評判のいい宿、覚えてるよ」

「ぜひ教えてください！　あ、オーシャンビュー客室だとなおよいです」

「了解」

　こうして榊さんにアドバイスをもらいつつ、鎌倉プランを何パターンか作成し終えたときには定時を回っていた。カウンター業務を終えた販売部のデスクからはすでに人がいなくなっていて照明も落とされ、3課の周囲だけが煌々（こうこう）としている。

「——これで渋沢さまに送っておきます！」

　ようやく満足のいくプラン候補を作り終えた。榊さんは「おつかれさま」と笑む。

「渋沢さん、回復して旅行できるといいね」

「ですね」

　そんな話をしながら渋沢さん宛てのメールを作っていたら、頭上から声がした。

「もう終わったんですか？」

　デスクのパーティションの向こうから、身を乗り出すようにこちらを見下ろす倉持くんがいる。ごちゃごちゃ言いながらも、私の作業が終わるのを待ってくれていたのかもしれない。

「はい。待たせてごめんね」

「……別に待ってませんし」

　綺麗に食べ終えたチーズケーキのゴミをまとめ、倉持くんは身支度を調えてそそくさと一人帰っていった。

「倉持くん呼び戻しちゃって、悪いことしましたね」

私の言葉に、「まぁいいんじゃない？」なんて榊さんはけらっと笑う。

「ここに残ってたのは、倉持の意思だろうし」


そうして渋沢さんにメールを送り、榊さんと一緒に本社ビルを出た。

外からビルを見上げると、1課や2課のあるフロア上層階の窓からはまだ明かりが漏れている。

あの明かりの中に自分がいないという事実に、打ちひしがれもした。けど、今は自分でも驚くほどに気持ちが軽い。

「榊さん、」

並んで歩くと、背の高い榊さんを見上げる形になった。

「無駄になるかもしれないのに、プラン、一緒に考えてくださってありがとうございました」

「まぁ、うちの仕事なんて無駄なことばかりだし」

そうかもしれない。

けど、仕事なんてものは、元来そんなもののような気もするし。

がんばって、空回ることもあるし。

少しでもやれることがあるなら、それを精いっぱいやっていくしかない。

「あと、今朝は変なこと言って、すみませんでした」

榊さんは長い睫毛を瞬(またた)かせ、それからわざとらしく首を傾げた。

「なんのこと？」

そういうことなら。

「なんでもありません」

女子に甘くて馴れ馴れしいのはどうかと思うけど、上司としてはそこまで悪くない、かもしれない。

この数日ずっと感じていたはずの榊さんへの苦手意識も、いつの間にか薄れていた。

渋沢さんが来店したのは、それから一週間後のことだった。

「あのときは、本当にありがとうございました！　お礼も遅くなり……」

何度も頭を下げる渋沢さんは少し顔色が優れなかったが、それでも立ち姿はしっかりしており、見慣れたジャケット姿だった。

「お気になさらないでください！　今は体調の方は……？」

「まったく問題ありません。まぁ、頭に爆弾抱えてるようなものなんですけどね」

ははははっとなんでもないことのように笑ってから、渋沢さんは菓子折を差し出してきた。辞退するのも忍びなく、恐縮しつつも受け取っておく。

渋沢さんはいつかのようにスマホをカウンターの上に置き、そしてキッパリとした口調で話しだした。

「伊豆高原のプランもとてもよかったんですが、あのあと彼女にえらい怒られまして……やっぱり、あとから追加で送っていただいた、三番目のプランにしたいなと」

「『彼女に謝るためのプラン：その③』ですね？」

「ですです。海が見える旅館、とてもよさそうだって彼女も」

以前来店されたときも渋沢さんは終始明るかったけど、あのときは虚勢のようなものもあったのかもしれない。今日の渋沢さんはとても表情豊かで、肩の力が抜けている。

「謝るためのプランなうえ、場所が鎌倉だっていうんでびっくりしました。——実は鎌倉、彼女と初めてデートした場所だったんですよ。二人とも関西出身で関東には詳しくなくて、ひとまず有名な観光地に行ってみようって話になって……。あ、もしかして、彼女に聞きましたか？」

「そのスイカです」

私は渋沢さんのボディバッグについている、スイカのお守りを指差した。

「彼女さんもお揃いのものをバッグにつけているの、病院で見たんです。年季も入っているようでしたし、思い出の品なのかと思って」

「鎌倉で買ったものだって、よくわかりましたね」

「課に、そういうのに詳しい者がいるんです」

渋沢さんにいただいた菓子折をチラと見ると、『苺ミルフィーユ』との文字が蓋にある。あとで倉持くんにあげよう。

渋沢さんはひとしきり感心したあと、懐かしむような目になって話してくれる。

「昔デートしたときは、日帰りで行ったんですよね。スイカのお守りは、そのときお揃いで買ったものです。彼女は苺のお守りがいいって言ってたんですけど、俺が苺じゃ、かわいすぎるじゃないですか」

クスクス笑って渋沢さんは言葉を続ける。

「おしゃべりも尽きないし見る場所もいっぱいで、あの日は全然見切れませんでした。そのとき、『次に行くときは、泊まりでゆっくり行こうね』って彼女に言われて……この人はまた、次も俺と行くつもりでいてくれるんだってわかって嬉しかった。そういうこととか、色々思い出しました」

そして、渋沢さんは丁寧に頭を下げた。

「彼女と『次に行く』機会をくださって、本当にありがとうございました」

「次の旅行だけじゃなく、その次も、そのまた次もぜひ」

「もちろんです！」

こうして渋沢さんは、その場でプランの申し込みをしてくれた。

「こちらに相談させていただいて、色んな意味でよかったです。本当にありがとうございました！」

「ぜひお身体にお気をつけて、楽しんできてくださいね」

「はい。旅行で英気を養って、手術もがんばってきます」

ひととおりの予約や手配が完了し、渋沢さんは何度も礼を述べて店を去っていった。

私はカウンターを片づけ、いただいた菓子折を手に倉持くんの席へ向かう。

「これ、渋沢さんからなんだけど」

差し出された箱の『苺ミルフィーユ』の文字を、倉持くんは表情をピクリとも変えずに見つめ、けど箱は受け取らずに訊いてきた。

「もらったのは、川波さんですよね？」

「でも、倉持くんが教えてくれなかったら、鎌倉のプランは作れなかったから」

倉持くんはふんと小さく鼻を鳴らし、「なら遠慮なく」と箱を受け取る。すぐに蓋を開け、中の個包装を半分ほど自分の机に出すと、残りを箱ごと突っ返してきた。

「これくらいあれば十分なので、残りは榊さんとどうぞ」

なんて言う倉持くんのデスクの上には、どこで買ったのか最中(もなか)の箱が二箱積み上がっている。ひと箱分のお菓子を食べるくらいわけなさそうだけど、そこは倉持くんなりの気遣いなんだろう。

そうしてお菓子の箱を手に課長席に向かうと、榊さんはいつものように大量のパンフレットとパソコンのDoodleストリートビューを見ていた。

「おつかれさまです。今、少しよろしいですか？」

「もちろん」

倉持くんとは正反対の柔和な笑みで促され、私は菓子箱を差し出した。

「これ、渋沢さんからです。渋沢さん、鎌倉のプラン、予約してくれました」

渋沢さんが選んでくれたプランのことなど、もろもろを榊さんに報告する。

榊さんは受け取った苺のミルフィーユの個包装を手のひらの上で転がしながら、うんうんと頷く。

「追加のプラン、無駄にならなくてよかったね」

「はい。あのときは、色々相談に乗ってくださり、ありがとうございました」

頭を下げると、とんでもない、と榊さんは大げさな身ぶりで恐縮してみせる。

「初っ端から、こんな案件でごめんね」

同じ「ごめんね」でも、今日のそれにカチンと来ることはなかった。

「いえ、おかげで勉強にもなりました」

文句を言っても、腐っていてもしょうがない。

今の私は3課の所属で、ここにしか席がない。

だったら、ここでできる仕事をしようと腹を括った。

それに、ここにもここなりの仕事がある。渋沢さんのように喜んでくれるお客さまも、きっとまた現れるだろう。

「渋沢さん、旅行で元気になってから手術に臨めるといいね」

しみじみとした榊さんのそんな言葉に、「ですね」と私も心から同意する。

「人間、いつどんな病気するかわからないよね。渋沢さんの件で色々考えちゃった」

榊さんはそんなことを口にすると、課長席に座ったままこちらをまじまじと見上げてきた。

その目には、なぜか真剣なものが見て取れる。

榊さんは姿勢を正すように座り直し、やがてまっすぐに私を見つめて口を開いた。

「で、色々考えた結果さ。先にこういうことを言っておくのも、いいかなって思ったんだよね」

「こういうこと……？」

もしかして、私の仕事に致命的なミスでもあった？

すごく言いにくいことなのか、榊さんの表情はらしくなく固い。何を言われるのかと、内心ハラハラしていたら。

榊さんは、おもむろに口を開いた。

「僕、亜夜さんのこと好きなんだ」

Plan 2：どこかへの旅

冬の気配はすっかり遠ざかり、日によっては二十五度近くまで気温が上がる日も増えてきた四月も下旬。

午後一時、お昼休憩にオフィス近くのカフェでお手頃価格のたらこパスタを食べつつ、私は現実逃避するように旅行業界の情報サイトを眺めていた。

『社員一人ひとりの個性を大切にしながら、お客さまに価値ある非日常体験を提供していきます』

いかにもやり手っぽい雰囲気の中年男性が、笑顔でインタビューに答えている写真が表示されている。ブルー・ツーリストの企画部長だという。

ブルー・ツーリストは、森沢観光と同じ独立系の新興の旅行会社。会社としての規模も同程度だし、顧客の層も似ているので、ライバル会社と考えて差し支えはない。

そんなブルー・ツーリストの企画部長の年齢を見て、うわ、と内心声を上げる。

榊さんと二つしか変わらない……。

もしブルー・ツーリストに就職していたら、こんな悩みとは無縁だったのでは。なんてことを考えつつ、たらこパスタを食べていたときだった。

「あれ、亜夜？」

唐突に声をかけられて顔を上げた。

サンドイッチとドリンクをトレーに載せた江美さんが立っている。

「偶然！　亜夜一人？　私も一人なんだけど、ランチ一緒してもいい？」

「もちろんです！」

江美さんは空いていた私の向かいの席に座って、トレーを置いた。

「会えてよかったー。最近忙しくてタイミングなかったし、亜夜がどうしてるか気になってたんだよ」

そんな優しい言葉に、はっていた気がたちまち緩む。

「江美さん、ちょっと聞いてくださいよぉ……」

渋沢さんがプランの申し込みをしてくれた日のこと。

――僕、亜夜さんのこと好きなんだ。

なんて榊さんが言うやいなや。

重たいものが床に落ちる鈍い音がフロアに響き渡った。倉持くんがどこぞのデパ地下で買ってきたらしい、高級ゼリーが詰まった箱を引っくり返したのだ。

床に転がったゼリーを素早く回収し、そして倉持くんはものすごい形相で私たちを睨んできた。

――あんたらは、勤務時間中になんの話をしてるんです？

榊さんはそれに笑顔で答えた。

——僕が亜夜さんを好きだって話？

直後、倉持くんがゼリーの空箱を榊さんに全力で投げつけた。

その日を境に、ただでさえ塩対応だった倉持くんの私への態度は、塩どころか塩辛くらいになっている。

露骨な無視は当たり前、うっかり近寄ろうものなら舌打ちすら聞こえてくるし、押しつけられる雑用の量は倍に増えた。

どうにかしてくれと榊さんに訴えても、「僕が亜夜さんのこと好きって言ったから妬いてるんじゃない？」などとケラケラ笑うだけ。「私は榊さんのこと好きとかありませんので！」とキッパリ断ってもおかまいなし。

——返事なんていいんだよ。亜夜さんのことをずっと見てた、僕の気持ちを知ってもらいたいだけだから！

そしてまた、倉持くんの席から課長席に菓子箱が飛んでいく。

おまけに最近では、昼休憩の度に榊さんから怒濤の「一緒にランチしない？」攻撃を受けていて、今日もなんとかそれをかいくぐりここに辿り着いたのだった。

「昼休みくらい、あの課から解放されたいじゃないですか……」

なんて話を正直にしたら、見る間に江美さんの整った眉が寄っていく。

「3課、ヤバくない？　え、ホントに大丈夫？　セクハラで訴えたら？」

本気で心配されてしまった。

「あー、セクハラっていえばセクハラなんですかね、あれ。変な子犬について回られているような感覚です……」

こっちが引こうが拒絶しようがおかまいなし。最近では、目が合うだけで榊さんの心の尻尾がパタパタしてるのが見える気がする。

同じフロアには、私なんかよりずっとかわいい女の子がたくさんいるのに。からかいたいなら、どうかよそを当たってほしい。

「亜夜、自覚ないだけでかわいいからなー」

「かわいくないですよ。そういうの面倒だし」

モテた経験もないし、彼氏なんてものには高校時代以来縁がない。何よりおひとりさまの方が楽だ。

「えー、もったいないなぁ」

「私は江美さんとは違うんです」

江美さんには長く付き合っている彼氏がいる。私が新入社員だった頃から付き合っているから、もう四年以上になるんじゃなかろうか。

江美さんは今年で三十二歳、結婚はしないのかなと思うけど、さすがにそんなことを訊くほど無神経じゃない。とはいえ、結婚式にはぜひとも呼んでほしいけど。江美さんのウェディングドレス姿なんて見たらきっと号泣する。

「あ、じゃあさ、今度飲み会開くよ」

「飲み会？」

「大学時代の後輩に、いい人いないか訊かれてたの。亜夜ならちょうどいいし、ね？」

「いや、そういうのはちょっと……」

「すっごくいい奴だし、仕事もちゃんとしてるからさ。任せてって！」

江美さんは、たまに世話好きスイッチが入ることがある。そうなると、もう私には止められないし断れない。

「じゃあ、そのうち……」と曖昧に応えておいた。

食事を進めながらなんでもない雑談をし、互いのお皿が空になった頃、おもむろに江美さんがトートバッグから何かを取り出す。

「これ渡したかったし、昼休憩のあと、もともと亜夜の席、覗こうと思ってたんだ」

それは、クルーズツアーのパンフレットだった。

四泊五日、横浜発着、四国・九州の周遊クルーズ。旅好きなのに飛行機が苦手だという、江美さんらしいプランだ。

江美さんは今年で勤続十年、一週間のリフレッシュ休暇を取得できる。それを利用して旅行に行きたいというので、３課に配属され時間の融通が利きやすくなった私がお供することになったのだ。幸か不幸か、溜まりに溜まっている有給を消化するには絶好の環境に私はいる。

「彼氏さんじゃなくてよかったんですか？」

「いいのいいの、どうせ休みは合わないから」

私の旅行といえば、おひとりさま旅行ばかり。しかも江美さんの希望は、私にとってはある意味因縁の、そして転機ともなったクルーズツアー。

内心緊張もあったけど、誘ってくれたのが江美さんだからこそ楽しみで仕方ない。

「追加料金になるけど、五日もあるし客室はやっぱり海側がいいよね」

「ここは贅沢にバルコニーつきにしちゃいます？」

「海眺めながらお酒とか飲みたい！」

「このプラン、オールインクルーシブですよね？」

「そうそう、飲み放題で三食つき。でも一食くらいはレストラン、ランクアップしてコース料理にしたいなぁ……」

こんな風に、誰かとああしたいこうしたいと話すのって楽しいんだな、などと新しい発見をした気分。

一人旅は気楽だし全部自分の希望どおりになるけど、誰かと行く旅はそれとは違う楽しさがある。

誘ってくれた江美さんには本当に感謝だ。

そのメールが販売部から3課に転送されてきたのは、お昼に江美さんと会った翌日の朝のことだった。
『貴社では写真から目的地を探し出せるサービスがあると耳にし、メールさせていただきました』
3課に回されてくるオーダーメイドプランの問い合わせには、こんな感じで「写真の場所に行きたい」といった内容のものが多い。「森沢観光には写真から場所を特定し、旅行の提案をする部署がある」という内容のネット記事が、以前公開されたことがあるのだと榊さんが教えてくれた。

写真共有ＳＮＳで評判になったスポットや、名前は覚えていないけど大昔に旅行した際の写真だけ残っている場所にもう一度行きたい、などなど。

もっとも、写真から場所を特定できるスキルを持っているのは榊さんだけなので、このような案件は大概を榊さんが捌いてしまう。

今朝届いたメールにも、例に漏れず写真が添付されていた。

『亡くなった伯母が以前住んでいたと思われる場所に行きたいのですが、ずっと音信不通で手がかりが写真しかありません』

伯母が住んでいた場所、というくらいだし、どこかの観光地とかそういうわけじゃないようだ。添付されていたのは、一軒家の建ち並ぶ住宅街、アパートの入口、公園……といった写真の断片ばかりが継ぎはぎされた、アプリか何かでコラージュ加工された画像ファイル。

私はメールと画像ファイルをざっと確認したものの、すぐにそのメールを閉じた。

こういう案件は、どうせ榊さんが即座に対応する。

……と、思っていたのに。

「亜夜さん、倉持ー」

メールが届きほどなくしてから、榊さんが課長席から私と倉持くんを呼んだ。呼ばれてほぼ同時に席を立ち、顔を突き合わせるなり倉持くんは私を睨みつけ、首を回すように顔を逸らす。塩辛モードは継続中。

私が倉持くんに何をしたってわけじゃないのに……。

倉持くんから取れる限りの距離を取って、課長席の前に立った。

「さっき販売部から転送されてきたメール、見た?」

私たちの微妙な距離感なんか一切気にせず、榊さんは席に着いたまま話しかけてくる。

倉持くんは小さく首を縦にふり、私は「不思議な画像ファイルが添付されていたものですよね?」と答えた。

「そうそう。このクライアントさんのプラン、二人で協力して作ってもらえる?」

塩辛対応の倉持くんをどうにかしてくれ、と訴えた私への、榊さんなりのフォローなのかもしれない。

とは思うけど。

「二人で協力しやすいように、会議室も一日押さえたからね」と六畳ほどのこぢんまりした会議室に二人きりで押し込めるとか、ほかにもやりようがあるだろうにと抗議したい。

小さな会議室なのでテーブルは一つ、席は六つしかなく、一番離れた席に座っても顔を突き合わせることになる。

倉持くんは自分のノートパソコンのほか、ステンレスマグ、スマホ、そして膨らんだ紙袋を持参し、私のことは一切無視して席に着く。

倉持くんが紙袋から個包装の大きなシュークリームを取り出し山にしていくのを眺めつつ、私はそっと声をかけた。

「どうやって作業進めようか？　コラージュされてる画像、ちょうど八枚あるし、一枚ずつバラして分担して調べてみる？」

仮にもこちらが入社年度的には先輩。ここは場を取りなそうと思ったのに。

たっぷり五秒は間を置いたのち、倉持くんはこちらを見もせずに答えた。

「協力とか非効率なだけなんで、俺は勝手にやります。各々作ったプランを榊さんに見せるってことで」

「いやでも、榊さんは協力して作れって」

「クライアントの希望を叶えられれば、過程なんでどうでもいいですよね？」

ごもっともだ。ごもっともだけれども。

「一応そこは、榊さんの意向を汲んであげた方がいいかなと……」

「そうやってまた榊さんに取り入るつもりですか？」

「取り入る？」

「そういうことする人と一緒に仕事するとか、本当に不快です」

薄々気づいてはいたけど、多大なる誤解が生じている気がする。

私が榊さんをたぶらかしたとか、そんな風に思われてるんだとしたら不名誉にもほどがある。

どう弁解すべきか迷っていると、倉持くんはさらに言葉を続けた。

「それに、３課に飛ばされるような人と協力なんて、どうせ足引っぱられるだけで時間の無駄でしょうし？」

「それ、どういう意味？」

倉持くんは嫌みのつもりで言ったようだったけど、その言葉の意味するところが私にはまったくわからなかった。

「どういうも何も、何かヘマでもしたから飛ばされたんですよね？」

３課は窓際族だとは思っていた、けど。

私、飛ばされたの……？

かつての同僚たちが「3課に異動ってヤバくない？」などと話していたのを思い出す。そういうこと？

3課への異動の内示が出たのは三月の下旬に差しかかった頃。1課の課長に急に呼び出され、四月から所属が3課に変わる旨を伝えられた。

――川波さんももうすぐ入社四年目だし、経験のために、ね？

正直、不思議だなとは思っていた。1課は担当エリアごとにユニットが分かれていて、ユニット間での異動はよくあること。経験のためというのであれば、ユニット替えをして別エリアを担当させるケースの方が多い。

内示を受けたあのとき、チラと脳裏に蘇（よみがえ）ったある出来事を思い出す。

やっぱり、あれが原因だったのかな。

私が考え込んでいる間に、倉持くんは自分のノートパソコンに集中していた。もう話しかけるなと言わんばかりの雰囲気で、左手にはクリームたっぷりのシュークリーム。玄人（くろうと）であれば、シュークリームも片手で食べられるものらしい。

仕方ないので、とりあえず例のメールを開いて添付されている画像ファイルを表示してみた。

画像ファイルはピンクの縁取りがされていて、漫画のコマ割りみたいに縦横に分けられ、それぞれのブロックに合計八枚の写真が表示されている。

画像ファイルを拡大し、写真を一枚ずつじっくり見てみる。

一軒家の建ち並ぶ住宅街、アパートの入口らしき門柱、砂場のある公園、アップで写った自転車のサドル、青い空と遠くに小さく見える緑の山並み、電柱と屋根。

……これで、どうやって場所の特定なんかできるの？

山並みが見える場所なんて、日本中に数え切れないくらいあるし。

榊さんが秒で捌く光景はすっかり日常と化していたし、何より榊さんについて考えることから逃げ続けていたため、疑問を抱くことすら最近はしていなかった。

「榊さんって、いつもどうやって写真から場所を特定してるの？」

訊いてみたけど倉持くんは全身からイライラオーラを放つだけでもちろん返事はなく、左手のシュークリームはいつの間にか豆大福に変わっていた。

一人でがんばろう。


会議室に押し込められて一時間、甘い匂いと濃くなる一方の苛立った空気に息が詰まりかけていた頃、ドアが開いて榊さんがひょこっと顔を出した。

「二人とも、進捗はどんな感じ？　場所は特定できた？」

まさか、榊さんが救世主に思える日が来るなんて予想だにしてなかった。

会議室の入口に立って、榊さんは離れて座っている私たちをにこにこと見比べる。

嘘をついても仕方ない、「さっぱりわからなくて……」と私は進捗がゼロである旨を自己申告した。

一方、ノートパソコンの周囲をシュークリームやら大福やらミルフィーユやら最中やらの包装でとっ散らかした倉持くんは、クールなその目を榊さんに向ける。

「詳細な場所はまだわかりませんが、静岡県富士市じゃないですかね」

「え、なんでそんなことわかるの？」

思わず身を乗り出した私に露骨に嫌な顔をしつつも、榊さんの手前だからか、倉持くんは「左上の写真」と説明してくれた。

「道路に、マンホールの蓋が半分だけ写ってますよね？　マンホールの蓋は、自治体によって柄が違うんです」

「でも、半分しか写ってないよ」

「その半分に合致する柄がないか、地道にネットで調べるくらいしたらどうです？」

『静岡県富士市　マンホール』で Doodle 検索してみた。富士市らしく、富士山の柄だ。確かに、山裾の辺りの柄が写真のものと合致する。

榊さんは小さく手を叩いて「正解！」と答えた。

「さすが、生粋の3課っ子だよ。育てた甲斐があったなぁ」

「育てられた記憶がまったくないんですけど。っつーか、正解がわかってるなら自分で担当してくださいよ」

言い方はあれだけど、倉持くんの言葉に私も無言で同意した。

けど、榊さんはにっこり笑うだけ。

「僕さ、今の3課の空気、あんまりよくないと思うんだよね」

「主な要因は課長ですよね？」

「そんな、他人のせいにするような子に育てた覚えはありません！」

「だから誰が育て――」

「とにかく！」

榊さんは倉持くんの言葉を遮った。

「二人が共同作業を通じて仲よくなってくれれば、万事解決ハッピーエンドです！」

「そんなもののために仕事を使うな」

「課長命令です、反論は認めません！　今日の定時までに二人で協力してなんとかすること、以上！」

榊さんは言うだけ言って揚々と会議室を出ていく。イライラの限界に達した倉持くんが丸めたお菓子のゴミを閉まったドアに投げつけようとしたけど、それはドアに当たる前に力なく落下してカサリと音を立てた。

榊さんはちゃかしに来ただけで状況はまったく好転せず、会議室の空気はますます悪くなっていく。

倉持くんはやっぱり私と協力するつもりはないみたいだし、ひとまず私は私でがんばってみるしかない。

画像ファイルを拡大し、倉持くんがヒントにしたというマンホールの蓋のような、特徴のあるものがないかを目を皿にして探していく。

依頼主の人は、どうして写真のデータそのままじゃなく、こんなコラージュ画像にして送ってきたんだろう。

まとめて写真を送ろうっていう親切心？　それとも、伯母さんが残した写真がそもそもこの画像データだった？

疑問に思い、何かヒントでもないかとメールの本文を読み返してみる。

『この写真は、三年前に亡くなった伯母が遺していたものです。スマホのＳＤカードから出てきました。

伯母は私の両親と不仲だったためずっと音信不通で、しかし私自身は幼い頃に遊んでもらった記憶があり、消息がわからないことがずっと気になっていました』

依頼主は埼玉県在住の四十代の男性、戸賀さん。

特定できた場所によっては、二泊三日程度で宿と交通の手配も頼みたい、とのこと。希望の日程は来週の週末三日間。急いで行きたい理由でもあるんだろうか？　日程的に急であることをわかってか、宿のランクは問わない、とも添えられている。

亡くなった伯母のスマホは手元にあるのに、住んでいた場所はわからなかった、なんてことがあるのかな。

とはいえ、そこはメールには書き切れない事情があるに違いない。文章だけで物事を理解するのは難しい。それが一度も会ったことのないお客さまなら、なおのこと。

倉持くんが静岡県富士市と特定してくれたので、私は砂場のある公園を探してみることにした。Doodle マップで「公園」を検索し、一件ずつ地道に Doodle ストリートビューや画像検索で調べていく。

公園も多すぎ、砂場も多すぎ、しかも戸賀さんが送ってきた写真があまりに限定的すぎて、どれもそれっぽく見える……！

画面を凝視しすぎて目が乾き、視界がチカチカしてきた。メガネを外して目薬を差していると、倉持くんの舌打ちが聞こえてくる。市までは特定できたものの、その後は彼もうまくいってないんだろう。

そうして、気がつけば正午を回っていた。

企画部では何時から何時までと決まった休み時間はなく、社員は好きなタイミングで昼休憩を取っていいことになっている。

この会議室はあまりに空気が悪い。せめて昼休みくらい外で一人になろうと、ノートパソコンを畳んで席を立とうとしたら。

「二人とも、そろそろランチはどう？　差し入れ買ってきたよー」

榊さんがまた現れた。しかも、その手には弁当箱らしきものが入ったコンビニの白い袋が提げられている。

「……私、外に食べに行こうと思ってたんですけど」

無駄だろうなと内心諦めながらも、せめてもの抵抗で言うだけ言ってみた。

するると、倉持くんも私の言葉に便乗してくる。

「俺も、今日の昼は外に出る予定あるんで」

「倉持の用事って、もしかしてこれ？」

榊さんがおもむろに白い袋から取り出したものを見て、苛立ちに支配されていた倉持くんの目が瞬時に輝きを取り戻した。

丸いカップのプリンが二つ。白色の牧場ミルク味と、茶色の深煎りコーヒー味。

「コンビニに行ったら、今日発売って書いてあったからさ」

「さすが榊課長……！」

倉持くんは手のひら返しもいいところ、すっかり忠犬に成り下がっている。

倉持くんが大人しくなり、榊さんは今度は私の方を向いた。

「お弁当、三人分買ってきちゃったからさ。亜夜さんが食べてくれないと、無駄になっちゃうなー」

そう言われると弱い。食べものを粗末にするのは気が引ける。

「……わかりました」

「やった！　亜夜さんとランチ！」

やっぱり断ればよかった。

こうして、３課三人で会議室でのお弁当タイムとなった。

倉持くんには会話を楽しもうなどという気は毛頭なく、黙々と海苔(のり)弁当を食すと、プリンを窓際の棚の上に置いてスマホで撮影を始めた。

一方の榊さんはというと、心の尻尾をパタパタふりながら休みなく話しかけてくる。

「3課はもう慣れた？」

「今興味がある旅先はどこ？」

「海と山ならどっち派？」

無視もできないし、気のない回答をしつつ、もらったお弁当を食べていく。

ちなみに榊さんが私に買ってきたのは、十六品目のバランス野菜と雑穀米のお弁当。それは思いの外(ほか)私の好みを突いていて、悔しいことにとてもおいしかった。今度買って帰ろう。

こうしてお弁当やプリンが空になり、ランチタイムは終了した。お手洗いに行ってお茶を淹(い)れ直して会議室に戻ると、ゴミを回収してコンビニの袋にまとめていた榊さんが私たちに訊いてくる。

「その後、進捗はどう？」

新商品のプリンで至福の顔をしていた倉持くんは、たちまちクールな表情に戻った。私も順調と答えられるような進捗はなく、榊さんから目を逸らすことしかできない。

榊さんはそんな私たち二人を見て、はぁ、と大きく嘆息した。

「君たちは、なんのためにここにいるのかな？　倉持、答えてみて？」

「……榊さんの自己満」

倉持くんがボソッと答え、私も心の中で同意する。

そして、当の榊さんはというと。

「――わかった」

その顔からスッと笑みを消した。

「部下のために、僕は心を鬼にするよ」

は？　と思った直後、榊さんはゴミ袋を手にして素早く会議室を出るなりドアを閉めて。

外から鍵をかけた。

カチャン、という音が響いて、私と倉持くんはタイミングを揃えるようにドアに駆け寄った。

まさかの内鍵がなかった。

『この会議室、元は倉庫として使われてたものだって知ってた？』

ドア越しに聞こえてくる榊さんの声がさも愉快そうで、ますます腹立たしい。

「こんなところに部下閉じ込めるとか、上に訴えますよ？」

倉持くんがドアを叩いた。けど、鍵は開かない。

『3課内の揉めごとなんて、上がまともに取り合うと思う？』

この会社での3課の扱いって、どんななの……？

色んな意味で私は何も言えず、倉持くんも考え込んでしまった。

すると榊さんが『大丈夫！』と明るく声をかけてくる。

『緊急事態があれば開けるから！』

「緊急事態って……」

『じゃ、そういうことで。二人がプランを作り終えたら、すぐ開けにくるからね！』

「ちょっと、榊さん！」

倉持くんの悲痛な声も届かず、榊さんは去ってしまいもう声すら聞こえない。

ドアに拳をぶつけたままの姿勢で固まっている倉持くんから、そっと一歩離れた。

が、ちょっと遅かった。

パッとこっちを向いたその顔にはいつものクールさはどこへやら、限界を超えた苛立ちが見て取れる。

「全部あんたのせいだ！　なんでこんな目に遭わなきゃなんないんだ。どうやって榊さんをたぶらかした!?」

怒りの矛先が私に向いてしまった。

「た、たぶらかしたとか、そんなことするわけ――」

「あの人はヘラヘラしてても、仕事中に女に『好き』とか言う人じゃないんだよ！」

え、そうなの？

一歩詰められて一歩下がる。とはいえ、この狭い密室で逃げられる場所なんてもちろんない。

「そんなこと私に言われても……」

「今すぐここから出てけ！」

……どうやって？

あまりの理不尽さにこっちの堪忍袋の緒も切れた。

私は一歩前に出て、倉持くんの鼻先を指差した。

「出られるんだったらさっさと出てるっての！　っていうか、私が榊さんに気がないことなんて明白でしょーが！」

「そんなの知るか！」

「じゃあ今知ったね？　私にそんな気は一ミリもないんだから、変な言いがかりつけてこないでよ！」

「一ミリもないとか失礼だろ！」

「失礼とか意味わかんないんだけど！　――あ、それとも何？　もしかして、榊さんを私に取られたとか思って突っかかってるわけ？」

最後の質問には、「そんなわけあるか！」とか即返ってくると思ってたのに。

倉持くんは顔を赤くして黙り込んだ。

……マジか。

互いに声を荒らげて最後には微妙な空気になってしまい、会議室には沈黙が落ちた。

気まずい空気の中、席に戻るとどっと疲労感に襲われる。

こんな仕事、もう嫌だ……。

「――その後、何かわかったこととか、ありましたか？」

小さな声で、倉持くんが訊いてきた。

突然のことに咄嗟に反応できず、黙ってその顔を見返すと気まずそうに目を逸らされた。

「もしわかってることがあるなら、情報を擦り合わせた方が早く終わりますよね？」

どうやら、倉持くんは「協力しよう」と言ってくれているらしい。

塩辛な後輩が折れてくれたのだ、ならばここは歩み寄ろう。

「えっと……ごめん。わかったことはないんだけど、今は賃貸物件のサイトを巡回して、富士市内のアパートの名前調べてる」

「アパート？」

私は倉持くんの向かいの席に移動し、ノートパソコンの画面を見せた。画像ファイルの右下の写真を指差す。

「アパートの門柱が写ってるでしょう？　ここにアパート名のプレートがあるのに気がついて。見切れてて文字は読めないんだけど、六文字かなって」

「合致するものはありました？」

「いくつかピックアップしてるけど、まだ巡回途中」

そこで、私がピックアップしたアパート名の一覧を共有し、倉持くんがDoodleストリートビューで写真と合致する外観かどうか順番にチェックしていくことになった。

「リストの五番までチェック終わりました。該当なしです」

「ありがとう！　リスト十五番まで更新してて……」

ポツポツと会話もするようになり、徐々に気まずい空気は薄らいでいく。

カラ、と小さな音がして、何かの包みがテーブルの上を転がってきて私のノートパソコンの隣で止まった。

パイナップルキャンディ。

「少し休憩しますか？」

いつの間にか、一時間以上経っている。

「これくれるの？」

「……要らなければ回収します」

「ありがとう。ちょうど、糖分欲しいなと思ってた」

うんっと伸びをしてから、ありがたくキャンディをいただいた。

一方、倉持くんは椅子に座ったまま軽くストレッチを始める。座っていても、背の高さと手脚の長さがわかる。

幸いなことに、空気もだいぶ和(なご)んで険悪さはなくなった。密(ひそ)かに気になっていたことを、倉持くんに訊いてみる。

「倉持くんって、新人配属時から3課にいるの？」

チラとこちらを見て、倉持くんは伸ばしていた腕を下ろした。

「なんでそう思うんです？」

「榊さんが倉持くんのこと、『生粋の3課っ子』とか呼んでたから……」

倉持くんは椅子に座り直すと、クッキーの小袋を開けながら話しだす。

「俺、新人研修の懇親会で、営業部長にビールぶっかけたんですよね」

「え、なんで？」

入社後、約一ヶ月にわたって行われる新人研修の最後には懇親会がある。大人数の飲み会は苦手なので、私は終始大人しくしていた記憶しかない。社の幹部と新人の顔合わせも兼ねているので、営業部長も確かに毎年参加している。

「同期の女子が、セクハラっぽいこと言われてたんですよね。彼氏はいるのかとか、結婚は考えてるのかとか」

あー、とついげんなりした声が漏れた。

「普通に腹立つよね、そういうの」

「酔ってたのもあると思うんですけど、他人事なのにすげー腹立って、思わず」

倉持くんは右手をグラスを持つ形にして、中身を飛ばすように前後に動かした。

「けど、結局その女子には『余計なことするな』って言われるし、上にも散々怒られるし。挙げ句の果てに、３課行き」

その「３課行き」という言葉が、「島流し」に聞こえた。

「３課って、そういう場所なの？　なんていうかその……」

「問題がある社員の掃きだめ」

自分で訊いておきながら、頭上に大きな石が落ちてきたような衝撃を受けた。

問題がある社員……。

「榊さん、他課が手を挙げたがらない問題社員ばかり拾うんですよ。お人好しというかなんというか……」

何かを思い出したのか、倉持くんは小さく笑った。

「配属されて早々、俺なんか拾わせて悪かったなと思って謝ったんですよね。そしたらあの人、『人のために動けるヒーローみたいな奴がうちの課には必要だから』とか、大まじめな顔で言うんですよ」

クールな倉持くんの目元が緩む。

「懇親会の件で、俺をそんな風に評価してくれたのは榊さんだけでした。まぁ、この人、出世できないだろうなって思いましたけど」

でも、そんな榊さんの下だからこそ、倉持くんは3課にいるんだろう。

榊さんって女子に甘くてふわふわしてるだけの人かと思ってたけど、倉持くんに好かれるだけの理由はあるんだなって、ちょっとだけ見直した。

「もっとも、3課に来るような奴は大体根性がないんで、せっかく榊さんが拾っても二年以上残ってるのは俺だけですけどね」

最後のひと言を聞いてたちまち微妙な気持ちになった私になんておかまいなし、倉持くんは訊いてくる。

「で、あんたは何したんです？」

「私……」

何したんだろう？

とはいえ、思い当たる節がまったくない、というわけでもなかった。

去年の秋頃、年明け早々の新春フェア向けの宿泊プランを作成していたときのこと。

私が担当したあるプランの宿泊先として、これまで森沢観光と取引がなかった人気老舗旅行の営業に成功した。個人的に惚れ込んだ旅館で、プライベートでも何度も足を運び、粘りに粘って双方合意できる条件を提示し、あと少しで契約できるというところまで持ち込んだのだ。

――私、あの旅館のプラン、ずっと作りたいと思ってたんですよ！

初めて新規開拓できたこともあり、江美さんに喜々として報告したのも覚えてる。

なのに。

直前になって、先方から森沢観光とは契約できない旨の連絡があり、そのプランは白紙になった。新春フェアの目玉商品の一つとしてラインナップ予定だったので、おかげで穴埋めに奔走する羽目にもなった。

けど、それだけならまだよかったのかもしれない。

ブルー・ツーリストの新春初売りフェアに、その旅館の宿泊プランがあったのだ。

森沢観光よりもよい条件で契約したであろうことは想像に難くない。

仮にもライバル会社、情報漏洩し出し抜かれたのではという噂が流れていると、後日チラと耳にした。でも私にはブルー・ツーリストの知り合いなどいないし、データの管理にもそれなりに気を配っていたし、もちろん根も葉もない噂でしかない。

けど、島流しだとしたら、あれ以外に心当たりもないし……。

固まってしまった私を横目で見て、けど倉持くんは私の言葉を待つことはなくノートパソコンに向き直った。休憩はおしまいらしい。

私もノートパソコンの物件情報に意識を戻したが、さっきの衝撃が抜けなかった。

島流しにされるようなことなんて、何もしてないのに。

あの噂のせい？　冤罪ってこと？

一生懸命、毎日仕事をしてきただけなのに。

3課でがんばるしかないと割り切ってはいた。けど、こんなのって――

「川波さん！」

倉持くんの声にハッとして顔を上げた。

「この二十三番の《メヌキハイツ》、写真と外観近くないですか？」

席を立って、倉持くんのノートパソコンのディスプレイを覗き込んだ。

Doodleストリートビューに表示されているアパートの門柱や入口の感じが、確かに写真に酷似している。

「近くに、別の写真にある公園がないか調べてみます」

「じゃあ、私は《メヌキハイツ》の情報見直してみる」

席に戻って意識を仕事に戻した。

今はとにかく、場所を特定してプランを作ることを考えよう。

考えても答えが出ないことで頭をいっぱいにするのは、あとでいい。

《メヌキハイツ》の物件情報を表示する。サイト内にも物件の外観を写した写真があり、やはり依頼人の戸賀さんの画像ファイルのものと一致しているように思えた。

「すぐ近くに児童公園がありますね。こちらも写真と雰囲気が似てます」

倉持くんがすぐにそんな報告をしてくれてホッとした。

「場所はこれで特定かな」

「ですね。あとはプランをどうするか」

倉持くんも気が抜けたように伸びをする。

よかった……と思いつつ、物件情報を改めて眺めて何かが引っかかった。

気になって別の会社の賃貸情報サイトでも《メヌキハイツ》の物件情報を確認し、あっと声を漏らす。

「どうかしたんですか？」

「それが——」

気づいたことを説明したら、倉持くんも顔色を変えた。

「確かなんですか？」

それから私たちは手分けして確認作業をし、憶測は確信に変わっていく。

「これ！」

倉持くんが自分のノートパソコンを見るよう指で示すので、私は席を立った。気ばかり急(せ)いて足が何かに引っかかってつんのめり、咄嗟にテーブルに摑まったけど体重を支え切れず、思いっ切り尻餅をついてしまう。

「痛い……」

涙目になりつつも、乱れてしまったロングスカートを慌てて整えた。足元を見ると延長コード。あれに足を引っかけたのだろう。

「大丈夫ですか？」

呆れ顔で倉持くんが席を立ち、こっちにやって来た。

「大丈夫……」

と、答えた直後。

倉持くんの革靴のつま先が、延長コードに引っかかったのが見えた。

倉持くんの身体が前に傾いだのを見るやいなや、重たいものがのしかかってきて床に座っていた私は勢いよく押し倒された。

後頭部を床に打ちつけて目の前に星が散り、おまけに身体を圧迫されて動けない。

「——すみませんっ！」

私の上に倒れていた倉持くんが、私の顔のすぐ横に手をついて上体を起こした。

こちらを見下ろす動揺した顔が予想外に近いところにあって、ついその通った鼻筋や切れ長の目元を観察してから現状を認識し、こちらも顔が一気に熱くなる。

こういうの、床ドンと呼ぶのでは……。

倉持くんもいつもの冷静さはどこへやら、初な少年のように顔を赤くし、完全に固まってしまっている。

　ここは年上の私がなんでもない顔でどけばよいのでは、と頭では思うものの、こんな状況に慣れていないのは私とて同じ、どうしたらいいのかわからない。

「あの、倉持くん――」

　そのとき、カチャッと音を立てて会議室のドアが開いた。

「おやつ持ってきたよー。その後の進捗はど……？」

　笑顔で現れた榊さんは、床の上にいる私たちを見て悲鳴を上げた。


「倉持が、まさかこんな男だなんて思わなかったよ！」

　顔を赤くして怒る榊さんの一方、倉持くんは会議室の椅子の上で膝を抱えて三角座りをし、顔を伏せたままさっきから微動だにしていない。

「倉持のこと信じてたのに、こんな間違いを犯すなんて……」

　聞いていられなくて口を挟んだ。

「あれは転んだだけで、間違いとかそんなじゃないって、さっきから何遍言えばわかるんですか！」

　私が倉持くんをかばうと、榊さんはたちまち顔を歪めて両手で覆った。

「いつの間に倉持とそんな深い仲に……」

「誤解を招くような言い方やめてください！　そもそも、榊さんがここに私たちを閉じ込めたんじゃないですか！」

「倉持ならスイーツとキャラグッズにしか興味ないし、亜夜さんと二人きりにしても間違いは起こらないだろうって過信してたんだよ！」

今度は榊さんがテーブルに突っ伏してしまった。

なんでこの人たち、こんなに面倒なの……。

フォローするのもバカらしくなって、私は榊さんがおやつにと買ってきたパンナコッタを一人で食べ始めた。透明な円筒形のカップに入った白いパンナコッタの上には、ハート型にカットされたルビーグレープフルーツとオレンジが載っていて、見た目にも爽やかでかわいらしく、口の中でつるんと溶けてとてもおいしい。

少しして倉持くんが三角座り状態のまま顔を上げたので、パンナコッタとスプーンを渡してあげる。榊さんに怒られ誤解され、白い顔になっていた倉持くんだけど、甘いものを摂取して少しずつ血の気を取り戻していく。そして黙々とパンナコッタを食べている私たちに気づいたのか、やがて榊さんも顔を上げ、自分の分のパンナコッタを食べ始めた。

甘いものの力ってすごいのかもしれない。会議室の空気はようやく落ち着いた。

人心地ついて、榊さんがいじけた様子で口を開いた。

「亜夜さんが違うって言うから、さっきのことは不問にする」

私じゃなくて、なんだかんだ榊さんが大好きっぽい倉持くんの言葉を信じてあげればいいのに。とは思ったけど、もう面倒だから余計なことは口にしない。

「それで？　その後、協力して作業できた？」

私と倉持くんは視線を交わし、私が説明した。

「この依頼、受けない方がいいと思います」

私はノートパソコンで表示したままになっていた、《メヌキハイツ》の物件情報を榊さんに見せた。

「写真に写っているアパートはこの物件なんですが、まだ築二年なんです」

依頼人の戸賀さんは、伯母は三年前に亡くなったとメールに書いていた。

「戸賀さまは、嘘をついている可能性が高いと思います」

私たちはコラージュされていた画像ファイルの写真をバラし、それぞれ画像検索にかけてみた。部分的な写真ばかりでうまく検索できないものもあったけど、そのうちの四枚が、写真共有ＳＮＳの、ある女性のアカウントの投稿画像と一致した。

「このアカウントは、ある女性が匿名でやっているものです。投稿を見ていったら、何か事情があって現在の住所に引っ越したらしいことがわかりました」

　投稿写真は空や草花など当たり障りのないものが大半だったものの、その中でも場所を特定できそうな建物などが少しでも写り込んでいるものを、戸賀さんはピックアップしたのだろう。

「これは投稿から考えた推察ですけど。その事情っていうの、誰かから逃げることだったんじゃないかと思いました。例えば別れた夫とか、ストーカーとか……」

「つまり、依頼人の戸賀さんがそのストーカー、ってこと？」

　私と倉持くんは揃って頷いた。今度は倉持くんが説明する。

「断定はできません。けど、ストーカーがなんらかの方法で女性のアカウントを特定し、場所を知りたがっている可能性は高いと思います。興信所も依頼者がストーカーの疑いが強いと人捜しの依頼を受けない場合もあるようですし、苦肉の策でうちに依頼してきたのかも」

　倉持くんの話を聞いて、榊さんは深々と嘆息した。

「その女性も、場所が特定できないような写真を選んで息抜きにＳＮＳをやってるんだろうけどね。ちょっとした細かいポイント一つで場所が特定できちゃうんだから、ホント怖いよね」

そして、榊さんは大きく頷いた。

「じゃあ、この依頼はやんわりお断りしよう。撤収！」

一本締めでもするようにパンッと手を打ち鳴らして席を立った榊さんに、倉持くんはじと目を向けた。

「榊さん、最初からこういうの全部、わかってたんじゃないんですか？」

「まさかぁ」なんて榊さんは笑うけど、ちょっと嘘っぽい。

「さすがにここまではわかってなかったよ。色々不自然だし、お断り案件だろうなーとは思ってたけど」

その言葉にどっと気が抜けてしまった。

これを徒労と呼ばずしてなんという……。

私と倉持くんもノートパソコンを畳んで席を立ち、片づけを始める。

そして榊さんはそんな私たちの元にやって来ると、両腕を伸ばして私たちの頭をわしゃわしゃするように撫でた。

「二人とも、よくできました！」

私と倉持くんは目で合図して右手に拳を作り、同時に榊さんの腹に喰らわせた。

榊さんは私たちと3課に戻るなり、「お詫びにお持ち帰り用のスイーツを調達してきます！」と再び席を外した。

課長席の前で倉持くんと二人でそれを見送り、つい呟いてしまう。

「榊さん、今日はお弁当だのおやつだの、買い出しで席を外してばかりだったんじゃない……？」

私の言葉に、「自由人なんですよ」と倉持くんは嘆息交じりに答えた。

「だから3課なんかで課長やってるんじゃないですかね」

「そっか」

小さく笑ってしまったら、「そういえば」と倉持くんが教えてくれる。

「榊さんって、日本全国の地図や景色が頭の中に入ってるんですよ」

突然の言葉に目を瞬いていると、倉持くんは若干決まり悪そうに続けた。

「榊さんがどうやって写真から場所を特定してるのか、川波さん、不思議がってましたよね？」

「頭の中に入ってるって、何それ？」

「映像記憶能力とかいうものらしいですね。俺も詳しくないですけど、一度見たものは忘れないそうです」

倉持くんは、パンフレットや旅行ガイドが山になっている榊さんのデスクを見やった。

「だから榊さん、やることがないときはDoodleストリートビューを見てるんですよ。ネット上で日本中をぶらぶらして、景色の脳内ストック増やしてるらしいです」

倉持くんは説明をするだけして自席へと戻っていく。私は混沌とした榊さんのデスクをしばらく見つめていたものの、やがて自席に戻った。

榊さんが、私が過去に担当したプランをすべて覚えていたのも、その能力ゆえなのかも。

中腰になって、パーティション越しに向かいの席を覗いた。今日一日これでもかとスイーツを食していたのに、倉持くんは早速饅頭の包みを剝いている。どれだけ甘いもののストックがあるんだろう。

「倉持くんって、榊さんのこと尊敬してるんだね」

饅頭にかじりつこうとしていた倉持くんは、いかにも面倒そうに私を見上げた。

「あれのどこに尊敬できる要素があるんです？」

「そうですか」

倉持くんは私から目を逸らし、小さな声で言葉を続ける。

「まぁ、拾ってくれた恩くらいは感じてますけど」

倉持くんは饅頭をひとかじりし、温泉に癒やされたかのような至福の表情になった。

一方、私は椅子に座り直し、今日聞いた色んな話を整理する。

どうやら私は、情報漏洩を疑われたせいで異動させられることになったらしい。

そして、それを拾ってくれたのが榊さん？

「お待たせー」

三十分ほど経って、榊さんは銀座通りの百貨店の袋を提げて戻ってきた。

「何買ってきたんですか？」とすかさず倉持くんが訊く。

「チョコレートバウムクーヘン。日持ちするのがいいかと思って」

「どうせすぐ食べますけど」

「すぐ食べるのは倉持だけだろー」

倉持くんに箱を一つ渡すと、榊さんは私にも同じものを渡してきた。

「……ありがとうございます」

素直に礼を伝えると、わかりやすいくらいにふやけた笑顔を向けられた。例のごとくで、心の尻尾がパタパタしてるのが見える。

こういう態度も、私のことを好きだって言ったのも、本気なのかネタなのか、私はいまだに判断できないでいる。

この人、本当になんなんだろ。

そうして、会議室に缶詰にされた翌日の昼前のこと。

「榊さーん」

販売部でカウンター業務を受け持っている若い女性社員が、3課のデスクを覗いて声をかけた。3課は現在、私しか在席していないのでそれに応える。

「榊さんなら、今は席外してますよ」

もうすぐゴールデンウィーク。カウンターエリアに飾る五月人形を地下の倉庫から運んでくるというミッションを与えられ、榊さんは倉持くんと共に席を外している。

地下の倉庫には五月人形をはじめ、ひな人形やクリスマスツリー、門松など季節に応じた品々が取り揃えられているという。

私の答えに、女性社員は「どうしよう……」と困り顔だ。

「オーダーメイドプランを依頼したってお客さまが来店されてるんですが、3課の榊さんを出せって怒ってて」

怒ってて、という表現に若干の不安を覚えるも、3課に来たお客さまならここは私が対応すべきだろう。

女性社員に連れられてカウンターに出ると、スーツ姿の中年男性が三人がけの待合ソファを一人で陣取っていた。私はカウンターを出て待合スペースの方に移動し、そっと声をかける。

「お客さま」

こちらを向いた男性は見るからに苛立たしげな表情で、接客に慣れていない私は内心怖じ気づく。が、辛うじてそれを顔には出さずに済んだ。

「大変お待たせいたしました。誠に申し訳ございません、ただいま榊は席を外しております。私の方で代わりにお話をお伺いできればと、思ったのですが……」

「引き受けられないってのは、どういうことだ!?」

フロア中に響き渡るような怒声にたじろいだ。

顔を赤くした男性はソファから立ち上がると、唾を飛ばしそうな勢いでまくし立てる。

「俺は、この旅行会社なら写真から場所を特定できるって聞いたから依頼したんだ!

なのに引き受けられないだと？」

「もしかして……戸賀さま、ですか？」

男性は大きく目を見開き、それから頭一つ高いところから私を見下ろした。

「話がわかってるなら早い。お前が対応しろ」

「でも……」

ここで「はい」とは応えられない。

気圧されそうになりながらもぐっと堪えて胸をはり、戸賀さんに向き合った。

「誠に申し訳ございません。戸賀さまのご依頼については課内で相談した結果、お伝えしたとおりの結論に達しました。お引き受けは――」

「ふざけんな！」

間近で怒鳴られて身体が強ばる。

「こっちは〝お客さま〟なんだ。お前らは黙って依頼を受けてりゃいいんだよっ！」

戸賀さんの声が響き、フロア中の視線を感じた。

戸賀さんは顔を赤黒くし、いつの間にか手に拳まで作って震わせている。いつ殴られるかと気が気じゃなかった、けど。

精いっぱい胸をはって見つめ返した。

私の仕事は、お客さまのために旅行プランを作ること。

でも、何も考えず、言われるがままそれに応じるだけなら、私がやる必要はない。

そのときそのときのお客さまのことを精いっぱい考えて、頭を悩ませてきた。

いつだって、私だからこそできる仕事をしてきたのだ。

黙って思考停止して、依頼を受けることなんてできない。

「私たちは、お客さまの思い出作りのお手伝いのために仕事をしているんです」

「それなら、俺のお手伝いもしてもらおうか？」

「できません」

「あ？」

「誰かに迷惑をかけるかもしれない、そんなプランはお作りできません!!」

自分の声がフロアに響いてハッとした。

言いすぎた、と思ったときにはもう遅い。

戸賀さんが作った拳を大きくふりかぶり、思わず腕で顔をかばって目を瞑（つぶ）った――

そのとき。

ぐいと後ろに身体を引かれ、誰かが私を抱き寄せた。

「……大丈夫ですか？」

ハッとして顔を上げると、私を後ろから抱きしめるようにしているのは倉持くんだった。

「大、丈夫……」

脈がドドッと上がって身体の力が抜ける。どこも痛くないのを確認するなり、倉持くんが私をかばってくれたことに気がついて血の気が引いた。

「倉持くんこそ、殴られてない⁉」

「おかげさまで」

直後、「いたたたたた！」と戸賀さんの悲鳴が上がり、倉持くんの陰からそちらを見た。

背中から押さえつけるようにして、榊さんが戸賀さんの腕を捻り上げている。

「榊さん、ああ見えて昔、空手をやってたらしいですよ」

冷静に説明した倉持くんに、榊さんがすぐさま返した。

「ああ見えてってなんだよ！」

すると「あんたが榊か！」とさらなる怒りの形相になって暴れようとする戸賀さんを、榊さんはさらに締め上げて近くの壁に押しつけ動きを封じた。

「倉持、警察呼んで！　あと、今すぐ！　即座に！　亜夜さんから離れろ！」

倉持くんは瞬時に赤くなり、降参するようにパッと両手を上げて私から離れた。それから一一〇番すべく、近くのカウンターに駆けていった。

そうして駆けつけた警察官に戸賀さんは連れていかれた。榊さんは警察に戸賀さんからの依頼についても説明し、画像ファイルなどを提供したようだ。

「ヒドい目に遭った」と呟いた倉持くんに全力で頷きつつ、ようやく落ち着いて自席に戻った頃には午後一時を回っていた。ホッとしたからか、胃が空腹を主張する音を立てて赤面してしまう。

お昼ご飯どうしようかな、と思っていたら、榊さんに顔を覗き込まれた。

「亜夜さん、一緒にランチしない？」

整った顔に浮かんだ笑みはやっぱり三十代には到底見えず、アイドルグループの男の子みたいに綺麗で爽やかだ。

……いつもいつも断るばかりでも、かわいそうだし。

「いいですよ」

連日連敗を喫していたこともあり、まさか私がＯＫすると思っていなかったんだろう。榊さんはその笑顔も落っことし、「へ？」と間の抜けた声を漏らす。

「いいの？　ホントに？」

ずいと身を乗り出され、手でも取られそうな勢いにたちまちさっきの返事を後悔した。

とはいえ、今日は助けてもらったし……。

「く、倉持くんも一緒なら！」

向かいの席から「は？」と心底嫌そうな声が聞こえてくる。

「なんで俺が」

「よーし、わかった！　倉持も一緒に行こう！　甘いものが食べられるところならかまわないでしょ？」

倉持くんはげんなりした表情を隠そうともしなかったけど、意外にもあっさり「わかりました」と席を立った。

「その代わり、榊さんの奢(おご)りってことで」

「ここは課長に任せなさい！」

ランチ用の小さなバッグにスマホとハンカチ、お財布をまとめる。榊さんと倉持くんは早々に出かける準備を整え、フロアの出口のところでそんな私を待ってくれている。

二人ともそこそこ背もありスタイルもよく、並んでいるところを改めて見るととても絵になっていた。甘いマスクとクールな雰囲気はすごく対照的。

「お待たせしました」と二人の元に駆け寄った。

「僕、亜夜さんのことならいつまでも待てるよ」

榊さんは、絵になると思った感想を台無しにするような台詞で私を迎える。この人は遠巻きに眺めているだけが一番だ。

一方、かつてだったらここでイラッとしそうな倉持くんは、もう何かを諦めたのか、これといって表情も変えずに提案してくる。

「川波さん、銀座通りから一本外れたところにある中華料理店はどうです？　中華スイーツも種類が多くてオススメですが、中でもフカヒレが絶品と評判だそうです」

「ちょっと待って倉持、スイーツはともかくフカヒレはダメだろ！」

「榊さん、私、フカヒレ食べてみたいです！」

「あ、亜夜さんがそう言うなら……！」

財布の中身を確認し始める榊さんに、倉持くんと揃って笑った。

Plan 3：おもいだす旅

旅行会社は一般的に、世間の多くの勤め人のような土日休みのカレンダーではないことが多い。お客さまからの問い合わせは平日土日かかわらず受けつけているし、そもそも旅行の催行は一年三六五日、不測の事態に対応することも少なからずある。

国内商品仕入企画部3課、通称〝どこでも課〟においてもそれは同じ。同じフロアにある販売部のカウンターが火曜定休なので、火曜ともう一日、週に二日の休みをシフト制で取ることになっている。

というわけで、3課の休日でもある火曜日、それもゴールデンウィークのど真ん中というその日。

「江美さんと同じ会社の、川波亜夜と申します……」

私は江美さんがセッティングした飲み会に参加していた。

幹事は江美さんと、江美さんの大学時代のサークルの後輩・元木（もとき）さん。ほかには江美さんのカルチャースクール仲間の女性、元木さんの会社の同僚だという男性二人もいて計六人。

つまるところ、合コンという奴である。

場所は東京駅からすぐ、丸（まる）の内（うち）の高層ビルにあるおしゃれな居酒屋。一人だったら夜景を楽しむ余裕もあっただろうけど、もう開始早々それどころじゃない。これといって特筆すべきことの一つもない自己紹介をしたところで逃げたくなった。

「川波さん、江美先輩とは同じ課なんですか？」

隣席の元木さんは、そんな私の心中など知らず気さくに話しかけてくる。

江美さんが私に紹介したいと言っていた後輩こそ、この元木さん。今年で二十九歳、大手ＩＴ企業で営業職をしているそうで、初対面の相手にも社交的、運ばれてきたサラダや揚げものを素早くテキパキと取り分けるまさに気配り上手。

――元木くん、すごくモテるんだけどちょっと前に彼女と別れたばかりなの。

集合して早々、江美さんにそんな情報をこそっと耳打ちされたものの、だからどうこうできるというものでもない。そもそも、向こうにだって選ぶ権利はあるんだし。

「三月までは一緒だったんですけど、今は別の課で」

「そうなんですか。江美先輩、サークルの集まりがあってもあまり仕事のこととか話さないし、ずっと謎のイメージだったんですよね」

「あ、そこ！　人の陰口じゃないでしょうね？」

名前が聞こえたのか、斜向かいの席から江美さんが声をかけてきた。お酒が入っているからか、江美さんのテンションも心なしか高い。

「陰口なんて滅相もない！　大学時代は江美先輩にはいびられることも多かったなっ

て話をしてただけです」

「陰口じゃないー！」

どっとテーブルが笑いに包まれ、ワンテンポ遅れて私もそれに交ざった。

……不自然じゃなかったかな。

昔から、人の多い場で会話に参加するのが苦手だ。話に交ざったり、訊かれたことに答えたりするタイミングを計りすぎて、結局何も言えないままになってしまうことが多い。

学生時代の友人に、「そんなに気を遣わなくてもいいのに」と寂しそうに言われたことがある。また別の友人には、「いつもいつも人の顔色窺っててムカつく」と正面切って言われたこともある。

けど、顔色を窺うくせは大人になっても直らなかったし、もうしょうがない。喧嘩(けんか)ばかりだった両親の顔色を窺う必要なんて、もうないというのに。

グラスの底に数滴だけ残っていたビールを口にした。結構前に追加注文したはずのウーロンハイはまだ届かないけど、それを言い出すタイミングすらわからず、本当にこういう場に向いてない。

やっぱり、一人の方が気楽。

乾杯のビールは飲んだものの、会話にうまく乗れない居心地の悪さからか酔いはほとんど感じなかった。くり返される会話のキャッチボールとその度に起きる笑いの波になんとかついていこうと、顔に貼りつけた愛想笑いが強ばっていくのがわかる。

そうして一時間ほどが経ち、メイン料理が運ばれてきた頃。

何かの許容量を超えたのを感じて席を立った。

「ちょっと、お手洗い行ってきます」

小さな声で断ったが、ほどよく酔いの回ったテーブルは会話が盛り上がっていて、私の声が届いたかはわからなかった。席を立った私に気がつき、元木さんが声をかけてくれる。

「大丈夫？」

一人テンションの低い私が、気分でも悪くしたと思ったのかもしれない。

「まったく問題ないです」

談笑の輪から離れるなり、空気を思い切り吸い込んだ。肺が膨らみ、静かに息を吐き出す。空気が冷たいなと思ったら、店内は冷房が効いているようだった。もう五月、夏はきっとすぐにやって来る。

お手洗いで用を足し、必要以上に丁寧に手を洗った。席に戻る足が重くて、わざとゆっくり歩いていく。通り過ぎるテーブルはどこもにぎやかだ。畳敷きの個室もあり、入口の障子が半開きになっていて中が少し見える。夜景が見える個室なんて、カップルで使ったらいい雰囲気だろうな、と横目で見ていたときだった。

個室にいた誰かと目が合った。

「……亜夜さん？」

足を崩して座っていたというのに、パッと立ち上がった榊さんは素早く駆け寄ってきて私の手を両手で握った。逃げる間もなかった。

「びっくりした！　こんなところで偶然会うなんてすごくない？　運命じゃない？」

運命とか、平然と口にできる三十代はどうなんだろう。

丸い目をキラキラさせて私を見ている榊さんはあいかわらずだけど、ビジネスカジュアルに比べると幾分かラフな格好で髪も固めておらず、ますますもって若く見えた。知り合いじゃなかったら、普通にカッコいいなって目を留めるかもしれない。

「誰かと飲んでたの？　お酒、苦手って言ってなかったっけ？」

そういえば、以前そんな言い訳で歓迎会を遠慮したんだった。あいかわらず、この人は記憶力がいい。

「その……友人と飲んでただけです。お酒も少しなら平気ですし。そういう榊さんこそ……？」

もしやデート？

などと勘ぐって個室の中をつい覗いてしまったが、そこにいたのは私服姿の中年男性だけだった。なんとなく見覚えがあるような気もしたけど、うちの会社の人という感じはしないし、多分気のせいだろう。ペコリと頭を下げられて、こちらも下げ返す。

「じゃあの、そういうことで」

摑まれた手をふり解こうとしたら、逆に手に力を込められた。

「友人って、何人で飲んでるの？」

近くで見ると、榊さんの目には長い睫毛が生え揃っていた。真摯な視線を真正面から受け止めてしまい、迂闊にもわずかに鼓動が速くなる。答えないと解放してくれなそうだ。

「六人ですけど……」

「男女比は？」

「三対三で……」

「みんな、学生時代の友だち？」

「まぁ……」

江美さんの、だけど。

「職場の上司ですって挨拶しに行ってもいい？」

これには即答できた。

「嫌に決まっててんじゃないですか、ただでさえ気まずいのに」

つい余計なことを口走ってしまい、榊さんは不思議そうに私を見る。

「気まずいの？」

もう何を言っても墓穴を掘る気しかせず、仕方ないので正直に話した。

「1課時代の先輩が、学生時代の友だちを紹介するからって、飲み会をセッティングしてくれたんです。でも私、初対面とか苦手で……」

榊さんの顔から、すぅっと笑みが引いていく。

「それつまり、合コンってこと？」

そうかも、とは口にしなかったけど、榊さんには伝わった。

「僕というものがありながら！」

「そんなものありませんけどね？」

榊さんは私の手を左手でひしと摑んだまま、個室の連れに二、三声をかけ、器用に空いている右手で荷物をまとめ始めた。

「こっちはもうお開きにするところだったから、一緒に行こう」

「え、何沸いたこと言ってんですか！」

倉持くんの影響か、最近では全力で榊さんにツッコミを入れられるようになってしまった。

「沸いてないし！　気まずいなら僕とお茶した方が有意義でしょ！」

「気まずいのでさっさと帰りたいが本音です」

「亜夜さんのそういうはっきりしてるところ、僕は好きだなぁ」

３課に異動して約一ヶ月、榊さんのこういう言葉もすっかり日常と化している。かつてだったら聞くに堪えなかったであろう、どこまで本気なのかわからないこんな台詞にも動じなくなってしまうのだから、人間の適応能力ってすごい。

そして私は私でお酒のせいで判断力が鈍っているのか、初対面の人ばかりの気まずい空間にいるよりは、慣れた榊さんといる方がマシに思えてしまった。江美さんには申し訳ないけど。

「……わかりました。じゃあ、抜けてくるのでビルの一階で待っててください」

「やった、亜夜さんとデート！」

「違いますけどね」

無邪気に喜ぶ榊さんがようやく手を離してくれた。手の表面は少し湿っぽく、風が通るとスッとする。

ずっと重たかった足が、ほんの少しだけ軽くなった。


実家から電話があってだのなんだのと、適当な用事を繕って一人居酒屋を出ると、榊さんは約束どおりビルの一階で待っていた。一人でスマホをいじっている。連れの男性は先に帰ったんだろう。

「すみません、お待たせしました」

声をかけると榊さんはパッと顔を上げ、感極まったように口元に手を当てて私をまじまじと見つめた。

「どうかしましたか？」

「すごくデートの待ち合わせっぽいなって」

「前から思ってましたけど、榊さんって意外と乙女脳ですよね」

ゴールデンウィークだからか、夜の街は人通りが多かった。普段は榊さんの方から目線を合わせてくることが多くあまり意識していなかったけど、並んで立つと二十センチくらい身長差があり、話をしようと思うと都度見上げる形になる。

歩幅を合わせてくれている榊さんに、「どこか当てはあるんですか？」と訊いた。

「駅の近くのカフェに行こうかと思ってたけど……あ、なんなら亜夜さんの家の近くまで移動する？　その方が帰るとき楽だよね？」

「家の場所知られたくないんで結構です」

するると、榊さんはふはっと吹いた。

「残念ながら、課長権限で亜夜さんの住所は把握済みだし、僕の頭には亜夜さんの自宅周辺の地図はインプット済みだから！　ついでに、亜夜さんに『家に来てもいいよ』っていつ言われてもいいように、近所のスーパーの特売日も把握済みです！」

「無駄なことするの好きですよね」

私の言葉にもめげず、ふはははっと笑う榊さんはいつも以上に陽気で、顔色こそ変わっていないものの酔っているのかもしれない。

地下街に移動し、そんなにうろうろすることもなく、小さなカフェで二人がけの席に落ち着いた。席で待つように言われ、榊さんは私にカフェオレを買ってきてくれた。自分用にはホットコーヒーを買い、榊さんは席に着く。

と、向かい合ってから気がついた。

こんな風に二人きりでゆっくり話すのって、実は初めてなのでは。

榊さんは頬づえをつき、上目遣いで私を見てにっこりした。

「亜夜さんとデート♪」

やっぱりこの人酔ってるな。

まぁでも、放っておいても楽しそうなら、無理に会話をしなくてもいいか。

熱いカフェオレをひと口すすって、ようやくひと息ついた。

……江美さんには、明日にでもちゃんと謝ろう。

居酒屋の喧噪（けんそう）から離れてホッとしたのも束（つか）の間（ま）、冷静になってつくづく自分のダメさ加減にヘコんだ。飲み会が苦手なのに断り切れず、そのくせ途中で逃げてきてしまうなんて、本当に人としてなってない。

一人内心で反省していると、ハッとしたように榊さんが立ち上がってビクついた。

「ごめん、荷物、邪魔だったよね？」

なんのことかと思って榊さんの視線の先を追うと、膝の上に置いていたトートバッグだった。

「荷物カゴ持ってくるね」

「いいですよ、別にこのままで」

「僕がよくないから！」

忙しなく荷物カゴを取りに行く榊さんを見送り、深々とため息をつく。

なんで私なんかのためにあんなに必死になれるのか、つくづく榊さんがわからない。

榊さんが荷物カゴを持ってきてくれたので、トートバッグを置かせてもらった。カゴの中でトートバッグが斜めになり、中を目にした榊さんが「あ」と声を上げる。

「それ、漫画だよね？」

榊さんが指差したのは、道中の電車で読んでいた漫画の単行本だった。『星屑温泉郷』というシリーズ作品の三十巻。数年前にアニメ化もした、大人気シリーズだ。

へぇーといかにも興味津々な視線を向けたあと、榊さんはこんなことを口にした。

「亜夜さんも、漫画とか読むんだ？」

――なんだかんだ、この人もか。

がっかりにも似た感情が、静かに胸に広がっていく。

このシリーズは好きで読み込んでいるものの、それ以外の漫画には詳しくないし、オタクというほどじゃない。とはいえ、私だって人並みに漫画くらい読む。この漫画は学生時代から好きで、半年前に遂に完結したのを読み返していたのだった。

漫画に限らず、ちょっとしたキャラクターグッズを持っているだけでもそう。昔から、ことごとく「キャラじゃない」と言われ続けてきた。そういう〝いかにも女の子が好きそうなもの〞を好きなイメージがないらしい。

自分ではそんなことないと思うのに。人と距離を取りすぎた結果か、そういうものを見下してるような、冷めたキャラだと思われがちなんだろう。

好きだのなんだの言っても、榊さんも結局、私のことをそういうイメージで見てたのか、なんて考えていたら。

「亜夜さんっぽいね」

予想外の言葉に、「ぽい？」と訊き返した。

「この漫画、妹が持ってたんだよね。一巻だけ借りて読んだことあるけど、絵がかわいかった記憶があって」

少年誌で連載していた漫画ではあったけど、女子にも取っつきやすいかわいらしい絵柄が魅力でもあった。私自身、満天の星と温泉、かわいらしい浴衣姿の女性という表紙イラストを書店で見かけて手に取ったのがきっかけだ。

「倉持ほどじゃないけど、亜夜さんも意外とかわいいもの好きでしょ？　デスクにペットボトルのおまけの人形置いてるし、ポーチとかハンカチの柄もかわいいし」

以前榊さんに言われた、「ずっと見てた」という言葉が脳裏に蘇り、ポッと耳の先が熱くなった。

……見すぎだし。

相手は榊さんなんだから！　と、うっかり緩みそうになる頬に必死に力を込め、どうにか平静を装う。

「妹さんがいるんですね」

自分のことから話を逸らしたくて、そんなことを口にしたものの。

それは失敗だった。

「そう。十年前に事故で亡くなったんだけど」

榊さんの表情は変わらず言葉はさらっと響いたけど、その顔に微かに影が差したのに気がつく。

うっかり地雷を踏んだのかも。

これだから私は、と自己嫌悪に陥ったそのとき、「そういえば！」と榊さんは垣間見えた憂いなどどこかへやって身を乗り出した。

「僕、亜夜さんに訊きたいことがあったんだよね」

気を遣わせまいと話題を変えてくれたのかもしれない。質問に答えるくらいなんてことない、「なんですか？」と積極的に訊きにいった。

「どうして旅行業界に入ろうと思ったの？」

恋愛遍歴でも訊かれるかと思っていたのに、予想外にまじめな質問だった。

「そんなこと知りたいんですか？」

「そんなことじゃないよ、亜夜さんのことだし」

話して話して、と促されると、なんだか小っ恥ずかしい。とはいえ、下手にごまかすのも不誠実だし。

「十六のときの話なんですけど……」

江美さんにも話した、初めての一人旅のことを話した。声をかけてくれ、私のために旅をお膳立てしてくれたメガネの添乗員のことも。

「そのとき、旅行って楽しいんだなって初めて思えて……まぁ、それで自分も旅行を作る側になろうかな、と」

江美さんに話したときはつい力説して暑苦しいことを言ってしまったので、そういう部分は意識的に抑えて話した、つもりだったのに。

榊さんはなぜか両手で顔を覆い、指で目頭を押さえていた。

「え、なんですかその反応！　感動するような話じゃないのに！」

「亜夜さんが尊すぎて……」

しまいにはグズッと洟をすする榊さんにこっちが赤くなる。

「ちょっと、やめてくださいよ！　私が泣かせてるみたいじゃないですか！　大した話じゃないんで忘れてください！」

「無理。しかと心に刻みました……！」

すっかり調子が狂ってしまって、恥ずかしいやらなんやらで最後は私も両手で顔を覆った。

オーダーメイドプラン専門の部署、ということになってはいるものの、実情は他課の雑務をこなすことの方が多いどこでも課。

とはいえ、まさか補助添乗員までやることになるとは思ってもみなかった。

「ホント、今日は来ていただいて助かりましたー」

中年女性の添乗員、福島（ふくしま）さんに両手を合わせて礼を言われ、「いえいえ」と顔の前で手をふった。

紺色のパンツスーツに腕章と、わかりやすいくらいの添乗員スタイルの福島さんは、森沢観光の契約社員。旅程管理主任者の資格を持つ、れっきとした添乗員だ。

一方、私は地味めなパンツにカットソーとジャケット姿で、ジャパン・フォレストの腕章だけつけている。

「補助なんて新人研修以来で、お役に立ったかどうか……」

森沢観光では、新人研修の一環で補助添乗員としてツアーに同行させられるのだが、それ以来の同行。内心では不安ばかりだ。

ゴールデンウィークももうすぐ終わりというその日、私が同行したのは一泊二日の草津温泉バスツアーだった。群馬県にある草津温泉は、温泉の自然湧出量日本一の超有名温泉地。温泉や足湯を楽しめるのはもちろん、温泉街はお店も豊富でぶらりと散策するのも楽しい。

温泉地に着いてからは自由行動のフリープラン、通常なら補助添乗員など必要のないシンプルなツアーだけど、今回はちょっと客層が特殊だった。

三十五人の参加者のうち、二十五人が同じ老人会に所属で、軒並み八十オーバーというご高齢だったのである。

契約社員の福島さんがそれを把握したのが五日前、補助を頼もうにもほかの添乗員はゴールデンウィーク中の別ツアーで出払っていて、どこからどう手が回ったのかはわからないが3課にその要請が来たのだった。

お客さまはみなさん元気ではあったものの、やはりバスの乗り降りだけでも気を遣った。転倒してケガなどされないよう、福島さんと二人で手を貸し注意を払い、到着するまででもひと仕事といったところだ。

温泉街の中心、湯畑の近くで集合時間を伝えた上でお客さまを降ろし、福島さんと私はホテルへ三十五人分の荷物を運んだ。一泊二日の旅行だというのに巨大なスーツケースで来られているお客さまもおり、バスの運転手にも手伝ってもらってようやくひと息つく。

「添乗員って体力の要る仕事ですよね」

デスクワークが基本の私が思わずそんなことを漏らすと、福島さんはカラカラ笑う。

「足腰だけは鍛えられるよ！」

ホテルの駐車場に停めたバスの中で私たちは弁当で昼食を済ませ、そのあと私と福島さんは徒歩で湯畑まで戻った。東京はだいぶ暑い日が増えてきたけど、山の中にある草津はまだ空気が冷たい。空は突き抜けるような青さで日差しは暖かく、歩くのにちょうどいい気候だ。

夕食までは自由行動なので基本的にはお客さまに好きに過ごしてもらえればいいものの、添乗員も適当にぶらついてうちのツアーのお客さまに声をかけたり、困りごとがないか訊いたりして回る。

「じゃあ、何かあったらケータイに連絡してね」

湯畑で別れると、福島さんは人混みを縫って元気よく去っていった。ゴールデンウイークなこともあり湯畑の周囲は人であふれていて、福島さんの姿はすぐに見えなくなる。

草津は学生時代に何度か行ったけど、社会人になってからは初めてだった。つい観光客の気分で湯畑を覗いてしまう。巨大な源泉である湯畑はひょうたんのような形をしていて、周囲をぐるりと手すりと遊歩道で囲まれた草津温泉のシンボル的なスポットだ。源泉を地表や木製の桶にかけ流し、温度や湯の花を調整しているそう。湯畑の下の方では細い滝のように源泉が流れ、湯が溜まった底は明るいエメラルドグリーンになっている。

湯畑の周囲をゆっくり一周し、ひときわ混雑している足湯スポット「湯けむり亭」に出た。木造で屋根があり、座って足湯を楽しめるようになっている。

と、そばの手すりにもたれて立っている見覚えのある女性に気がついた。

「三ノ輪さま、」

ぼうっとしていた女性は私に気づくと、小さくペコッと頭を下げてきた。

三ノ輪さんはツアーの参加者で、確か三十三歳。榊さんと同い歳だと思ったので間違いない。目元を隠す長い前髪と丸っとしたボブヘアの小柄な女性で、今回のツアーには一人で参加している。

老人会のみなさんももちろんだけど、実は三ノ輪さんのことも私は密かに気にかけていた。

三十五人のツアー参加者のうち二十五人が老人会のみなさんで、残りの十人は子ども二人の四人家族、子ども一人の三人家族、若そうなご夫婦、そしておひとりさまの三ノ輪さんなのである。

昨今おひとりさま旅行がブームになっていることもあり、森沢観光に限らず各社ツアーではおひとりさまへの配慮は欠かせないものになっている。今回のツアーでも、バスで相席にならないよう三ノ輪さんには二人分の席を確保したし、客室も一名一室利用でも追加料金がかからない設定だ。

とはいえ、中高生の修学旅行かというにぎやかなバスに一人というのは、精神的に結構来る。おまけに三ノ輪さんは道中のバスで酔ってしまい、酔い止めを渡したものの、立ち寄ったサービスエリアでは少し吐いていたようだった。

「足湯、入られたんですか？」

三ノ輪さんはジーパンの裾を膝下までまくったままだった。剝き出しになった足はほのかに赤くなっている。

「入ったんですけど、熱くてすぐ出ちゃいました」

小さな声で答えてくれたものの、三ノ輪さんはすぐに黙ってしまう。少し浮かない様子だ。

「車酔い、まだ残ってますか？」

私が気遣ったのがわかったのか、三ノ輪さんは慌てて首を横にふる。

「もう元気です。あの、バスではお薬、ありがとうございました」

「それならよかったです。ゆっくり楽しんでくださいね」

「はい……ただ、その、」

三ノ輪さんは足元に目を落とし、ぼそぼそと言葉を続けた。

「思ってたのと、ちょっと違ってて」

どういうことかと思っていたら、三ノ輪さんはハッとして顔を上げる。

「すみません、変なこと言って」

「いえ、何か気になる点やご要望があれば、おっしゃってください。できる限りの対応はいたしますので！」

迷うような間があったが、三ノ輪さんはやがて口を開いた。

「その……仕事で行き詰まってて、温泉に行こうと思ったんです。本当は昔行った温泉に行きたかったんですけど、名前がわからなくて……そしたら、たまたまこのツアーの広告を見かけたんで申し込んでみたんです。草津なら私が名前を知ってるくらい有名だし、前に行ったことがあるところじゃないかって。でもなんか、違ってて……」

話すだけ話すと、三ノ輪さんは顔を赤くしてさらに小さくなってしまう。

「すみません、ツアー中にこんなこと言って」

「いえいえ、教えてくださってありがとうございます！」

ネットで調べたりしなかったのかなと疑問に思ってから、三ノ輪さんが古そうなガラケーを使っていたのを思い出した。自宅でもパソコンなどに縁がない生活をしているのかもしれない。

「あの、もしよろしければ、なんですけど。その名前を思い出せない温泉地のこと、森沢観光のカウンターにご来店いただいて、教えていただけませんか？」

「カウンター？」

「はい。あ、お忙しければメールやお電話でもかまわないんですけど。その温泉について覚えていることを教えていただければ、私の所属する課で場所を特定できるかもしれません。その場所に合わせてご希望のプランを作ることもできますよ」

「そんなことできるんですか？」

「はい。覚えていらっしゃる景色とか観光スポットとか、ヒントをいただければこちらでお調べします」

「ぜひ！」

即答した三ノ輪さんに、私は3課の名刺を渡した。三ノ輪さんがカウンターに来てくれるというので、来店予約もこの場で承る。

三ノ輪さんは「本当にありがとうございます」と改めて頭を下げた。

「いえいえ、こちらこそです。じゃあ予約もしましたし、今日のところは草津を楽しみましょう！」

「はい。あの……オススメのスポットとか、教えてもらったりできますか？　私、なんにもわからないまま来ちゃって」

「それなら、観光ガイド、一緒に見ましょうか？　バスでお配りした冊子、お持ちですか？」

三ノ輪さんの希望を訊きながら、観光ガイドや地図を広げて提案をしていく。

――クルーズ、楽しめてますか？

ふいに、十六歳のときのクルーズ旅行のことを思い出した。

あのとき声をかけてくれたメガネの添乗員と同じことを、私も三ノ輪さんにできているだろうか。

観光スポットや土産物店などをいくつかピックアップし、無駄なく回れるルートを見繕う。

三ノ輪さんは最後に私の名刺を改めて見ると、初めて笑ってくれた。

「川波さん、本当にありがとうございました」

じわりと胸の奥が熱くなるのを感じ、「楽しんできてくださいね！」と三ノ輪さんを送り出した。人混みに紛れて見えなくなるまで三ノ輪さんの姿を見送って、私もまた歩きだす。

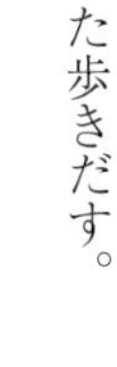

一泊二日の補助添乗員勤務から二日後。休日を一日挟んで、四日ぶりに3課のオフィスに出社した。

ない。

「おはようございます」

午前九時の定時十分前、榊さんの姿はなく、倉持くんは自席にいたが、例のごとくでイアフォンをしてスマホで動画を観ている。スマホに集中していて私には気づいてない。

私は持っていた紙袋からお土産の温泉饅頭の箱を取り出し、そっと倉持くんの背中に近づいた。いつも何を観ているのか、実は気になっていたのだ。

そろそろと近づいて、その肩越しにスマホの画面を覗く。

「……アイドル？」

私の声にギョッとしたように倉持くんはふり返り、勢い余って椅子から落ちた。

デスクの上のスマホの画面では、ツインテールの若い女の子がしゃべっている動画が流れ続けている。女の子はくたっとしたラフな部屋着姿で、白い壁が背景に映っているので自室で自分で撮っている動画なのだろう。

「おはよう。ごめん、驚かせちゃって」

倉持くんは答えず、デスクに摑まって立ち上がろうとしている。私は温泉饅頭の箱を倉持くんのデスクに置き、「お土産です」とだけ言い置いて立ち去ろうとした。

「待ってください、これアイドルとかじゃないんで、弁明させてください」

微妙に突っ込みにくい動画で、見なきゃよかったと後悔していたところだ。

「個人の趣味に口出しはしないし、榊さんにも黙ってるから安心して」

「だから違うんですって！」

倉持くんはスマホを操作し、画面を私に見せてきた。

『ご当地キャラグッズ紹介～滋賀県編』との動画タイトルが表示されている。

「これ何？」

「そのまんまです。ご当地キャラグッズの紹介動画です。この女の子、観光地に売ってるご当地キャラグッズをひたすら紹介してるユーチューバーなんですよ」

アイドルじゃなくてユーチューバーだった。

「で、倉持くんはこれを毎朝チェックしてる、と」

「これだけじゃないですよ。キャラグッズの紹介動画なんて腐るほどあるんで、毎日巡回してます」

それはそれで闇の深い世界だ。

そんな会話をしていると、「おはよー」と榊さんが現れた。

「四日ぶりの亜夜さんはまた違ったよさがあるね！」

朝からいつもの榊さんだ。榊さんの言葉に反応したり深く考えたりしたら負けだと、最近は心得ている。

「これ、草津のお土産です」と温泉饅頭を渡した。

「亜夜さんから特別なプレゼント……！」

「倉持くんとお揃いです」

「それは聞かなかったことにしよう。でも、お土産なんてよかったのに」

「まぁ……久しぶりのツアーの同行で、学んだこともあったので」

席に戻って荷物を置き、それから三ノ輪さんのことを思い出して課長席に向かった。

「榊さん、今日の午後二時からお時間ありますか？」

「二時？　デートなら喜んで！」

「3課に相談したいってお客さまがいるんです」

草津ツアーに参加していた三ノ輪さんのことを説明する。

三ノ輪さんは草津ツアーの二日後の今日、来店予約をしてくれたのだ。

「写真から特定するわけじゃないんですけど、榊さんの知識も借りた方が早いかと思って」

「いいよいいよ、一緒にカウンター対応すればいいんだね？」

「はい。よろしくお願いします」

用も済んだし席に戻ろうとしたら、「あ、そうだ」と榊さんに引き留められた。

「ちょっと前に亜夜さんが申請してた有給についてなんだけど」

今月末から来月頭にかけて、三日の有給を申請してあった。火曜の定休とシフト休みと組み合わせて、五連休になる予定だ。

「何か問題ありますか？」

「ううん、問題はないよ。どこか旅行にでも行くのかなって思っただけ」

1課時代もそうだったけど、旅行会社に勤めている人間というのは得てして旅行が好きで、そしてまた他人の旅行にも興味津々なのだった。どこに行って何がよかった、おいしかったという会話は情報交換の意味もある。

プライベートをひけらかすようで私自身はこの慣習があまり好きではなかったものの、かといって話さない理由もない。

「クルーズツアーに行く予定なんです。国内なんで、ショートクルーズって感じですけど」

江美さんとメッセでやり取りして詳細を決め、もう支払いも済んでいる。

「へぇ……」と相槌（あいづち）を打ってから、榊さんは中腰になって身を乗り出した。

「え、誰と？　もしかして男？」

やっぱり榊さんに言うんじゃなかった。嘆息交じりに答える。

「1課の日比野さんですよ」

榊さんは意外そうな顔をした。

「日比野さんと仲いいんだ？」

「1課時代からお世話になってるんです。榊さんこそ、日比野さんのこと知ってるんですか？」

「まぁ、入社年度も近いし」

榊さんと江美さんって、そういえば歳が一つ違いだ。以前榊さんの話をした際に、江美さんの方はよく知らなそうな感じだったけど。

すると、会話が聞こえていたらしい、倉持くんが自席から口を挟んできた。

「川波さん、榊さんのこと、そろそろ社内のセクハラ相談窓口に通報したらいいんじゃないですか？　普通に仕事の邪魔なんですけど」

「あ、それいいね」

「ちょっと君たち、3課唯一の敬愛する上司にヒドくない？」

定時のチャイムが鳴って、業務時間になった。

いつものように倉持くんがどこかから持ってきた雑用をこなしつつ、私は販売部から届く問い合わせメールもまめにチェックする。

写真つきの問い合わせを、榊さんが瞬時に捌いてしまうのはいつものこと。けど、榊さんが写真の何を根拠に場所を特定しているのかだけでも、わかるようにしておきたかった。榊さんの真似ができるとは思ってないけど、知識が多いのは悪いことじゃない。

そうして昼休憩ののち、三ノ輪さんと約束している午後二時になった。

「……来ないね」

共にカウンターで待っていた榊さんの呟きに、フロアの壁時計に目をやると、もう二時二十分。

「草津ツアーの解散時には、『絶対行きます！』って意気込んでたんですけど」

「道に迷ってるのかもね。メールとか電話とかできる？」

「メールはわからないですけど、電話番号は教えてもらいました。かけてみますね」

が、電話も電源が入っていない旨の音声が流れるだけ。

さして広くないカウンター席で、二人で待っているのも微妙だし。三ノ輪さんが到着されたら呼びます」

「私はここで待ってるんで、榊さんは席に戻っててください。三ノ輪さんが到着されたら呼びます」

「亜夜さんがここで待つなら僕もいるよ。メールのチェックくらいはできるし、どうせやることとなんてさしてないし」

「そんなこと言ってると倉持くんに怒られますよ」

嫌がる榊さんを課長席に押し戻し、私もカウンターエリアの見える空いているデスクで待機する。

そうして時間はさらに流れて午後三時を回り、もうすぐ午後四時というときだった。

入口の自動扉が開き、ボブヘアの小柄な女性が現れた。

「三ノ輪さま！」

声をかけると、三ノ輪さんはつんのめりながらこちらに駆けてきて、腰を九十度どころか百五十度くらいに折った。

「二時の約束だったのに、本当に申し訳ございませんでした！　ケータイも途中で充電が切れて連絡できなくて……。もう切腹して詫びたいくらいなんですけど、あいにく刀が手元になく！」

物騒な謝り方をする三ノ輪さんを必死になだめた。

「切腹も謝罪も要らないので、少し落ち着きましょう。お茶はいかがですか？」

「そんな、こんな約束も守れない虫けらめにお気遣いなど……！」

　三ノ輪さんをカウンターに通し、お茶を出してから榊さんを呼びに行った。

「お待たせしました。あの、こちら、私の上司の榊です」

　榊さんがにこやかに名刺を差し出すと、三ノ輪さんは弾かれたように立ち上がって名刺を受け取った。

「こんな虫けらにご丁寧に恐縮です……！」

「虫けら？」

　目を瞬いた榊さんにこそっと耳打ちする。

「三ノ輪さん、なんか今虫けらモードみたいです」

　お茶を飲んで落ち着いたのか、三ノ輪さんはカウンター席で居住まいを正した。

「あの、二時間も遅刻したうえになんかすみません。やっとここに辿り着けて、三徹の末に〆切りに間に合った夜明けみたいな気分になっちゃって」

　なんだか色々とよくわからないけど。

「いえいえ、ご来店ありがとうございます！」

　そして、私はメモを取る姿勢になった。

「それでは早速なんですが、三ノ輪さまが行きたいという温泉地の情報、細かなことでもなんでも結構ですので、覚えていることを教えてください」

お茶をすすりながら、三ノ輪さんは「えっと……」と話しだす。

「行ったのは、十年前です。仕事関係の……いえ、学生時代の友人が連れてってくれて。高速バスで東京から数時間って感じでした。あのときも、着くまでにバスで酔っちゃって、途中でトイレ休憩のときに吐いちゃって」

「トイレ休憩は何回あったか覚えてますか？」

「一回だけだったと思います」

ということは、東京からそんなに遠くなさそうだ。

「温泉の近くに海はありましたか？」

「山ばかりで海はまったく見てません。そういった意味では草津に似てましたね」

なら、伊豆（いず）や熱海（あたみ）方面は除外かな。

今度は榊さんがにこやかに訊いた。

「景色や温泉、立ち寄ったお店のことなどで、覚えていることはありますか？」

「えっと……温泉饅頭、いくつも食べました。色んなお店があって。あと、温泉は泉質が二種類あるって話だったんですけど、一つしか入れなくて残念だったねって話したのを覚えてます。お湯は黄色っぽかったです」

温泉饅頭、泉質は二種類、黄金の湯。

「あと、射的をやりました。ピストルで撃って、お風呂に浮かべるアヒルの人形をもらいました」

「射的って、昔ながらの温泉地の定番ですもんね」

私がそう言うと、「そうなんですか」と三ノ輪さんは目を丸くして応える。

「私、射的自体あのとき初めてやったんです。学生時代は友だち全然いなくて、地元の夏祭りとかも行ったことなくて……あ、余計な話でしたね」

「時間はありますし、かまいませんよ」

「あとは……あ、すごく大事なこと忘れてました！」

「大事なこと？」

「その射的とか温泉饅頭のお店、全部石でできた階段の途中にあるんです！　草津は温泉街が坂道にありましたけど、そこは坂道じゃなくて階段なんです。すごく長い階段で、てっぺんに神社とか露天風呂もあって！」

三ノ輪さんのその言葉に、「それ、」と思わず漏らした声が榊さんと重なった。

どうぞ、と榊さんに譲られ、私は言葉を続けた。

「おそらくその温泉、伊香保(いかほ)温泉だと思います」

『伊香保温泉』でDoodle検索し、画像をパソコンで見せると、三ノ輪さんは手を叩いて声を上げた。

「すごいです！　さすが川波さんです！　そうですここです！　ありがとうございます！」

拍手までされてしまい、微妙に複雑な気分になった。

「場所がわかってよかったです」

まさか、伊香保温泉だったとは。

草津と同じ群馬県にある、抜群の知名度を誇る温泉地の一つ。石段街(いしだんがい)と呼ばれる温泉街が有名だ。

これなら榊さんを呼ぶまでもなかったと少し申し訳なく思ったが、榊さんは「よかったですね」と笑顔で三ノ輪さんに声をかけ、こんなことを言った。

「でも、そういうことなら草津はだいぶ惜しかったですね」

「え、そうなんですか？」

「伊香保温泉って、草津温泉に行く途中にあるんですよ。同じ群馬県内ですし」

ほえーと素直に感心してから、三ノ輪さんは決まり悪そうに自分の額に手を当てる。

「私、場所覚えるの、ホントに苦手なんです。地名とかもすぐ忘れちゃうし、地図もまったく読めなくて。路線図も読めないから電車にもうまく乗れないし。今日もここに来るのに迷いに迷って、最後は諦めてタクシーで来たんです」

それは申し訳なかった。

「どこからタクシーに乗ったんですか？」と訊くと、えっと、と三ノ輪さんはこめかみに指を当てて考え込んだ。

「なんとか……ランド？　東京にいるはずなのに、すごく山っぽいところに出ちゃって」

「『よみうりランド』ですかね？」

榊さんの質問に、三ノ輪さんは「多分」と自信なげに答えた。よみうりランドの最寄り駅なら、京王線か小田急線だろう。

「お住まい、そちらの方なんですか？」

「多分、違うと思います。吉祥寺に住んでるんですけど」

都内の路線図は概ね頭に入っているつもりだったけど、どういうルートだったらJRか井の頭線の吉祥寺駅からよみうりランドにスムーズに行けるのかわからなかった。というか、森沢観光がある東銀座とは真逆もいいところ。

「あの……本当に、今日はご足労いただいてありがとうございました」

「いえそんな！　こちらこそありがとうございます！　川波さんみたいな女神さまとお知り合いになれてこちらこそ幸せです！」

三ノ輪さんはまたよくわからない感じになってしまったけど、ひとまず場所が特定できたのであとの話は早い。

と、榊さんはおもむろに席を立ち、待合エリアの方へ行くとラックから販売中のツアーのパンフレットをいくつか手にして戻ってきた。

「伊香保は有名な温泉地ですし、オーダーメイドプランでなくても、お手頃価格でいいプランがたくさんありますよ」

榊さんが持ってきたパンフレットを、私も三ノ輪さんと一緒に覗き込んだ。

「これは高速バス利用プランで、こっちはＪＲプラン。ちょっと豪華な旅館がよければ……」

榊さんは、ツアーを熟知している販売部の子に負けていない詳細な説明をし始める。私だってパンフレットを読めばもちろん中身はわかるし説明もできるけど、表紙を見ただけではさすがに難しい。

と、そこで私は、榊さんのデスクには、いつも大量のパンフレットが積み上がっていることを思い出した。

地図だけじゃなく、森沢観光で販売しているプランもひととおり頭に入れてるってこと……？

榊さんのこと、ちょっと舐めてたのかもしれない。3課にどんな問い合わせが来ても対応できるように、常に万全の態勢を整えているのだとしたらすごいことだ。

三ノ輪さんは喰い入るようにパンフレットを見ていたが、やがて顔を上げて私に訊いた。

「あの、こういうツアーじゃなくて、私個人向けにプランを組んでもらうこととか、できますか？」

「少しお高くはなりますが、もちろんできますよ」

「あ、お金はいくらかかってもいいです。──私、一人で行ける自信なくて。でもこの間みたいな団体旅行はその、気が休まらないし、でも添乗員さんはいた方が安心だし……なので」

三ノ輪さんはカウンターテーブルに両手をついて頭を下げた。

「川波さんに、また添乗してもらいたいです！」

「え、私？」

目を丸くしていたら、榊さんに「亜夜さん、旅程管理主任者持ってたっけ？」と訊かれ、申し訳なく思いながらも首を横にふる。

「ごめんなさい。私、実は添乗員の資格を持ってないんです。先日のツアーみたいに、別の添乗員の補助って形ならお手伝いできるんですけど」

「そうだったんですか……」

たちまちしょんぼりしてしまった三ノ輪さんに、慌てて「でも！」と提案する。

「別の者でよければ、添乗員の個人手配自体はできますよ。三ノ輪さまのご自宅近くから案内することもできると思いますし――」

「どうしてもダメですか？　私、川波さんにまた担当してもらいたくて、ここまで来たんです」

企画部配属だし必須じゃなかったとはいえ、忙しさにかまけて資格取得をあと回しにしていたのが悔やまれた。日常的に添乗員業務に就くことがなくても、勉強のために資格を取っておくこと自体はできたのに。

「申し訳ありません……」

私が小さくなっていたら、「それなら！」と榊さんが明るく手を挙げた。

「もし私もご一緒していいなら、川波の同行も可能ですよ」

「本当ですか⁉」

たちまち顔を明るくした三ノ輪さんの一方、私は焦って隣の榊さんの腕を引っぱった。

「何言って――」

「僕、添乗員できるから」

榊さん、資格持ってるんだ……。

「じゃあ、それでお願いします！　ありがとうございます！」

こうして三ノ輪さん向けの一泊二日プランを作成した。といっても日程と宿、交通手段などの大枠を決めただけだ。観光については天気と現地での気分で決めたいという。ちなみに、車酔いしやすいそうなので、高速バスではなく特急列車を手配することになった。

三ノ輪さんはすっかり上機嫌だが、念のため最後にもう一度だけ確認しておく。

「添乗員を二人もつけるとなると、それだけで結構お高くなってしまいますが、本当に大丈夫ですか？」

「はい！　そこだけは心配無用なので！」

プランの見積もりと仮予約を済ませると、三ノ輪さんはその場で現金で支払った。角の擦り切れた年季の入った長財布には見たことのない厚さの札束がびっしりと詰まっていて、思わず凝視してしまう。

「じゃあ、当日はよろしくお願いします！」

三ノ輪さんはスキップするように店を出ていき、もう電車に乗ることは諦めたのか、捕まえたタクシーで帰っていった。

三ノ輪さんを見送ってカウンターに戻ると、わかりやすいくらいご機嫌な様子で片づけをしていた榊さんが顔を上げる。

「三ノ輪さん、嬉しそうでよかったね」

けど、榊さんがご機嫌な理由は絶対に別にある。

「課長自ら添乗員をすることもありませんし、別の人にお願いするのはどうでしょう……？」

「何バカなこと言ってんの。せっかく亜夜さんと旅行なのに！」

「これは三ノ輪さんの旅行です！」

近いうちに資格を取ろうと心に誓った。

朝から夏を予感させる快晴の、梅雨入り目前の五月も下旬。伊香保ツアーの当日になった。

吉祥寺駅に着くと、約束の時間にはまだ早いというのに榊さんの姿があった。改札前の柱にもたれ、スマホをいじりながら立っている。

「おはようございます」

駆け寄って挨拶すると、「おはよう」と応えた榊さんはまじまじと私の格好を観察してきた。

「今日はパンツスタイルなんだね」

そういえば、オフィスではロングスカートを穿いていることが多い。ファッションには何かと疎く、完全に江美さんの影響だけど。

「動きやすい方がいいですし。というか、会って早々、人のファッションチェックしないでくださいよ」

「それは無理」

かくいう榊さんもジャケットは着ているがいつもより少しカジュアルで、動きやすそうな格好だ。何を着てても見映えする。

添乗員といえばスーツ姿のイメージが強いけど、大人数のツアーならまだしも三ノ輪さんとの三人旅。スーツ二人と三ノ輪さんの組み合わせはあまりにいまいちだし、一応服装に関しても榊さんと事前に相談したのだった。

「添乗とか久しぶりすぎて、なんか楽しみになっちゃったよ」

なんて言葉どおり、榊さんは朝からわかりやすいくらいわくわくしている。

早速、列車のチケットや宿泊旅館のバウチャーなどを二人で数え、改めて今日のスケジュールを確認した。

「土日だし天気もよさそうだから、ちょっと人が多いかもね」

「そういえば3課の仕事、二日間も倉持くんに丸投げで大丈夫なんですか？」

「僕は倉持のこと信じてるよ！」

三ノ輪さんの個人ツアーを二人で添乗することになったと話すと、倉持くんは「わけわかんないんですけど」と眉を寄せた。

――お客さまより添乗員の人数が多いってなんなんです？

ごもっともだけど、もうそういうことに決まって代金も支払っていただいているのでどうしようもない。

倉持くんは一人で留守を預かることについて昨日もぶつぶつ言ってたけど、定時になる直前、私にメモを一枚渡してきた。

――伊香保は温泉饅頭発祥の地なんです。これくらい買ってきてもらえますよね？温泉饅頭をはじめとした大量のお土産リストで、持ち帰るだけでも大変そう。榊さんに持たせようと心に決めた。

榊さんは腕時計をチラと見て、「そろそろ行こうか」と私を促した。

三ノ輪さんは何かと迷子になってばかりだし、せっかくの個人添乗。自宅前まで迎えに行くことになっている。

土曜日の午前八時半、店もまだ閉まっているところが多く、駅前の人通りはまばらだ。吉祥寺駅からタクシーで十分弱、井の頭恩賜公園を通過して少し行ったところに目的地はあった。

「……ここで合ってるんですかね？」

見上げたそれは、巨大な高層マンションだった。敷地(しきち)内の植え込みはよく手入れされており、タワー高層階の窓が朝日を反射してキラめいている。

「ここみたいだねー……」

榊さんも呆気(あっけ)に取られていて、間の抜けた返事をする。

「詮索(せんさく)するのは気が引けるんですけど、三ノ輪さんってなんのお仕事してるんでしょうね」

旅行の申込書には、住所氏名年齢を書く欄はあっても、職業を書く欄はない。

「まぁ、世の中には知らない世界もいっぱいあるからねー」

そうして待つこと五分ほど。約束の午前九時よりも少し早く、三ノ輪さんは一階エントランスから顔を出した。

「お待たせしました！　ここまで来ていただいてありがとうございます！」

三ノ輪さんは表面の傷が目立つ、年季の入った小さなキャリーケースを転がしている。キャスターの滑りが悪そうなそれを、「持ちますよ」と榊さんがにこやかに受け取った。嫌みのないスマートなエスコートぶりはさすがだ。

「今日から一泊二日、よろしくお願いしますね」

私が挨拶すると、三ノ輪さんは少し姿勢を正してペコッと頭を下げた。

「こちらこそ！」

三人で吉祥寺駅に戻り、そこからはJRで上野(うえの)駅を目指す。上野駅からは在来線特急の草津号を利用して、約一時間半で到着できる渋川(しぶかわ)駅で下車、ローカルバスかタクシーに乗り継ぎようやく伊香保温泉に到着となる。

道中は、私と三ノ輪さんが並んで歩き、榊さんが一歩遅れてついてくる形になった。

「私、駅に着くといつも感心するんです。みんな迷いなく電車に乗れてすごいなって」

「普段、お仕事などで電車は使わないんですか？」

「はい。家での仕事がほとんどだし、打ち合わせもうちでやるか、あとは電話ですね。必要なものは取りに来てくれますし」

もしかして、ＦＸとか投資でもやってるんだろうか。でもスマホも持ってないようだし、あんまりそんな姿は想像できない。

ＪＲ中央線快速と山手線（やまのてせん）を利用し、上野駅には無事に到着した。上野駅に着くとちょうどホームに特急列車がやって来たところで、三ノ輪さんはすかさずデジカメを取り出して撮影する。

「こういうの乗るの、幼い頃以来です！　すごく楽しみ！」

三ノ輪さんにグリーン車の指定席券とペットボトルのお茶を渡し、到着した列車に乗り込むと座席まで案内した。

「私と榊は隣の普通車両にいるんで、何かあったら声かけてくださいね。到着まで、寝っててもいいですよ。降りる頃にこちらから声をかけに行きます」

そうして普通車両に移動し、目当ての座席に榊さんと並んで座ってひと息ついた。窓際の席を譲られて、「ありがとうございます」と礼を言う。

「あ、榊さん、コーヒー要りますか？　お茶もありますけど」

駅のコンビニで三ノ輪さんのお茶を買ったときに、自分たちの分のお茶とコーヒーも買っておいたのだ。

「ありがとう。コーヒーでいいよ」

飲みものを口にしたところで、特急列車は動きだした。

榊さんは列車のチケットを自分のパスケースにしまいつつ訊いてくる。

「三ノ輪さん、列車も亜夜さんの隣がよかったんじゃない？」

「列車移動くらい、一人にしてあげた方がいいかと思って」

「おしゃべり、楽しそうだったけど」

三ノ輪さんはここまでの道中、ずっと私と話をしていたのだ。

「三ノ輪さん、初対面の人と話すの苦手なタイプかと思って。会うのは何度目かですけど、だいぶ気を遣ってる感じでしたし」

キャラは違えど、そういう面ではわりと自分に近いものを感じる。気まずくなりたくなくて話し続けて、余計なことを言ってしまったり収拾がつかなくなったりしてしまうことが私も昔は多かった。大人になってからは、余計なことは言わないをモットーに黙りがちになってしまったけど。

「亜夜さんって、意外と人のことよく見てるよね」

「……顔色窺うのが得意なだけです」

つい棘のある言い方をしてしまったものの、榊さんは気にした様子もなく取り出したスマホに目を落とした。

上野駅を出発した草津号は、埼玉を走り抜け群馬を目指す。スマホでメールを確認している榊さんの隣で、私はガイドブックを開いた。三ノ輪さんは何を観るか現地で決めたいと言っていたけど、提案に困らないようこちらはある程度は予習してある。

あとは、倉持くんからリクエストされていたお土産のチェック……と思っていたら。

「――川波さん、」

上野駅を出て三十分を過ぎた頃。ふと声をかけられ榊さんと揃って顔を上げると、通路に三ノ輪さんが立っていた。心なしか顔が白い。

「どうかしましたか？」

「実は酔っちゃって……」

念のためと思って酔い止めを持ってきてよかった。

私は薬を手に通路に出て、三ノ輪さんを席まで送る。

「すみません、ご迷惑ばかりかけて……」

「いいんですよ、これくらい」

席に着くと、三ノ輪さんの座席のテーブルには広げたノートと鉛筆が置いてあった。

「絵を描いていたら、気持ち悪くなっちゃって」

開かれたノートのページを凝視していた私は、ハッとして三ノ輪さんに酔い止めを渡す。

「下を見てると酔いやすいので、姿勢を正して窓から遠くを見ると気分がよくなると思いますよ。お茶、まだありますか？」

「はい、お茶はあります。ありがとうございます」

三ノ輪さんが席に座ったのを確認して背を向けると、たちまち心臓が痛いくらいに音を立て始めた。

こんなことって、あるんだろうか……。

叫び出したいくらいの気持ちを堪えながら、そそくさと普通車両に戻った。

「三ノ輪さん、大丈夫そう？」

席に戻ると榊さんにそう訊かれ、ともすれば変な声でも上げてしまいそうで私はこくこくと頷く。

「何かあったの？」

「その……いえ、確証が得られたら話します！」

　そして早速、スマホでDoodle検索をして。

「うあっ！」と奇声を発して膝の上にスマホを落とした。隣の榊さんもビクついてこっちを見る。

「何、どうかしたの？」

「榊さんヤバいです、どうしましょう、この気持ちをどこまで抑えられるか、私、自信がありませんっ……！」

「落ち着いて。亜夜さんの僕への気持ちならいつでも一〇〇パーセント受け入れ可能だから！」

「あ、それは一パーセントもないです」

　榊さんのおかげで少し冷静になり、落としたスマホの画面を見せた。

『星屑温泉郷　作者』でDoodle検索した結果。いくつか表示された画像のうちの一つを拡大する。今とはちょっと髪型が違うけど、間違いない。

「三ノ輪さん、『星屑温泉郷』シリーズの作者、花坂岬（はなさかみさき）先生なんですよ！」

　三ノ輪さんがノートに描いていたイラスト。それは、『星屑温泉郷』に登場するアヒルのマスコットや主人公だった。

「あの浮き世離れした雰囲気とか、仕事のこととか、それなら納得です。花坂先生、『星屑温泉郷』の連載が終わってからスランプになってるって噂があったんですよ。きっと、気分転換とか自作のヒントを摑むために旅行を――」

「亜夜さん、」

興奮気味に話していた私を、榊さんが珍しくピシャリとした口調で遮った。

「三ノ輪さんが漫画家だって気づいたってこと、本人には言わないよね？」

一瞬何を訊かれたのかわからず、え、と声が漏れてしまう。

「三ノ輪さんは、漫画のことは僕たちには話してない。知られたくないのかもしれないよ。まさか、本人に詮索したりはしないよね？」

あまりに図星すぎて頰がカッと熱くなる。

花坂先生の力になれるなら、ただ楽しんでいただくだけじゃなく、創作の役に立てるような行程にできないかと、さらなるやる気をみなぎらせていたところだった。

「それはもちろん……で、でも！　３課だからこそ、そういう個人の希望を最大限叶えられる旅行を提案できるとも思うんです！　だから――」

「それが三ノ輪さんに望まれているなら、だよ」

なだめられて、続きを呑んだ。

「好きな漫画の作者さんだってわかって興奮するのはわかるけど、少し落ち着いて」

こんな風に忠告されるのもしょうがない、けど。

大学時代、『星屑温泉郷』を読んで、救われたことがたくさんあった。

私と同じように一人旅が好きな主人公・彩夜が迷い込んだのは、この世とあの世の狭間にある星屑温泉郷。人と関わることが苦手な彩夜だけど、ひたむきにがんばって仲間を作り、やがて温泉郷の再興に尽力していく。

名前も一文字同じだし、彩夜と自分を重ね合わせて夢中で読んだ。うまくいかないことがあっても、がんばればいいこともあるかもしれないなんて、素直に思わされたりもした。

だから連載が終了したあと、花坂先生がスランプらしいという情報をネットで見かけ、密かに気になっていたのだ。

そんな花坂先生の旅行を担当できるチャンスなんて、もうきっとない。

静かに深呼吸して、「わかりました」と榊さんには応えたものの。

私は心の内で決意した。

三ノ輪さんが花坂先生であると気づいていないように装ったまま、三ノ輪さんのために最大限尽力しよう。

渋川駅に着いた頃には、三ノ輪さんの顔色もすっかり元に戻っていた。天気はいいけど、列車を降りると都内よりも少し空気を涼しく感じる。

黒い瓦屋根の駅舎を出るとバスロータリーがあり、路線バスが停車していた。すぐそばには土産物などが買える名産品センターもある。

「もうすぐ正午ですし、ランチの予約をしているお店までタクシーで移動する予定です。ただ、もしまた酔いそうだったら、少し休憩してからでもかまいませんよ」

訊くと、三ノ輪さんは首を横にふった。

「もう大丈夫です。あ、お手洗いだけ行ってきていいですか？」

「はい、じゃあ待ってますね」

小走りで去っていく三ノ輪さんを見送ってから、私は榊さんに声をかける。

「あの、用があるので、ちょっと電話してもいいですか？」

「じゃあ、僕は先にタクシーに荷物積み込んでおくね」

そうして榊さんから離れたところで電話をかけると、数コールで倉持くんが出た。

『はい、森沢観光国内商品仕入企画部3課の倉持が承ります』

「あ、倉持くん？」

相手が私だとわかるなり、倉持くんは『なんです？』とぞんざいな口調で返してくる。

「お願いします、倉持くんのお力を拝借させてください……！」

事情を話すと、倉持くんは温泉饅頭追加三箱で買収されてくれた。

『じゃあ、頼まれたものは一覧にして川波さんにメッセで送ります』

「ありがとう！　頼りにしてます！」

通話を切ると、こちらを見ている榊さんの視線に気づく。が、気づかなかったフリをして、私は三ノ輪さんを待った。

タクシーでは榊さんが助手席、私と三ノ輪さんが後部座席に座った。榊さんが運転手に指示を出しているので、私は三ノ輪さんに行く予定のお店を紹介する。

「食べものの好き嫌いはないとのことだったので、今回はこちらでうどんのお店を予約しました。ランチをしながら、今日はどこを回るか相談しましょう」

「わかりました！　そういえば、前に来たときも、うどんを食べた気がします」

「この辺りのうどんは水沢（みずさわ）うどんといって、日本三大うどんの一つでもあるんですよ」

三ノ輪さんと話していくうちに、私の記憶も蘇ってくる。

漫画の主人公・彩夜は最初、星屑温泉郷のうどん店に居候するんだった。

ほかにも、星屑温泉郷には、異界と繋がる扉がてっぺんにある長い石階段の設定もあった。三ノ輪さんがあんなに行きたがっていたことからも、伊香保温泉がモデルになっているのかもしれない。

休日ということもあり、うどん店は外まで列が延びるほどの混雑ぶりだった。予約している旨をレジで伝えると、すぐに席に案内してもらえる。隣り合った二人がけのテーブル席が二つ。榊さんは三ノ輪さんを先に席に通し、私を三ノ輪さんの正面に促し、自分はもう一つのテーブル席に着いた。

「好きなもの選んでくださいね」

三ノ輪さんが注文を決めると、榊さんが店員を呼び止めた。その隙に、私はスマホでメッセを確認する。

さすが倉持くん、甘いものが懸かっていると仕事が早い。

頼んだものは早速メッセで届いていた。あとでじっくり確認しよう。

注文したうどんを待つ間、観光案内やパンフレットを三ノ輪さんに渡した。

「宿泊する旅館は、石段街の中ほどにあります。なので、今日は石段街を中心に、明日は回り足りなければ石段街をもう少し見てもいいですし、それ以外の場所を巡ってもいいかなと思います。行きたいところを教えてもらえれば案内しますよ」

「わかりました！」

三ノ輪さんはパンフレットを楽しそうに手に取る。

その様子に、改めて担当できてよかったとしみじみした。楽しんでもらうのはもちろん、三ノ輪さんの今後の活力になるような旅行にできれば。

「とりあえず、温泉饅頭は食べたいです」

「できたても食べられますよ。色んな種類があるんですけど、皮がふわふわしたものとかもあります」

『星屑温泉郷』に出てくる温泉饅頭は、もっちりふわふわの皮が自慢なのだ。

「カフェも行ってみたいです」

「お豆腐スイーツのお店や、あんみつのお店などもありますね」

『星屑温泉郷』でも、いくつかの甘味処（かんみどころ）が登場する。

「あとは……」

と、話している間にうどんが運ばれてきて話は中断した。

榊さんはそそくさと食べ終え、タクシーを手配してくると席を立った。一方、おしゃべりをしていた私と三ノ輪さんはまだ食べ終わっておらず、三ノ輪さんはまだ半分以上残っていた。

「すみません、食べるの遅くて」

「ゆっくり食べてください。団体旅行じゃないんで、気を遣わなくてかまいませんよ」

　私の言葉に三ノ輪さんはふふっと笑った。

「この間の草津ツアー、おばあちゃんとおじいちゃんの集団、元気ですごかったですね。あの歳であんなに大人数で仲よく旅行できるなんて、すごいなって思いました」

「でも、ああ見えて人間関係は色々あるっぽいですよ。ここだけの話ですけど、もう一人の添乗員が、夕食の席の並びについてすごく細かく注文を受けてました」

「そうなんですか！　大変そう……」

「三ノ輪さまは、これまでにも一人で旅行に申し込んだこと、あるんですか？」

「ないです！　一人旅なんてこの間の草津が初めてで……ツアーじゃなくて、一人であちこち旅行できる人とか、それだけで尊敬するしカッコいいです」

　一人旅が趣味という主人公の彩夜は、もしかしたら三ノ輪さんが考えるカッコいい女性キャラそのものなのかもしれない。

「でも、一人でも旅行に行ってみようと思って、初めて申し込んでみたんですよね。

それだってすごいことですよ」

　私の言葉に、三ノ輪さんは照れたように笑った。

「一人で申し込んだってだけで、添乗員さんがいてくれてひと安心って感じですけどね」

　自分ご褒美とか、気分転換とか、急に時間ができたからとか、人が旅に出ようと思う理由は様々。ましてや旅慣れていない三ノ輪さんのこと、きっとそれなりの理由があったに違いない。

「以前、伊香保温泉に来られたときは、ご友人と一緒だったんでしたっけ？」

「そうです。大人になってから高校時代のクラスメイトに再会して……」

　うどんを食べ終えて店を出ると、榊さんが呼んだタクシーがちょうど到着した。

「次はいよいよ石段街ですね」


　三六五段あるという石段街の一番下、バスロータリーに到着した。外国人観光客も多く、屋台も出ていて早速観光地特有の空気に包まれる。

　私と三ノ輪さんはそこでタクシーを降り、榊さんは助手席に残った。

「私は宿に荷物を運んでくるので、三ノ輪さまは川波に色々案内してもらってください。川波さん、またあとで連絡します」

「わかりました」

タクシーはすぐにいなくなり、私と三ノ輪さんの二人になった。

「じゃあ、私たちは早速行きましょう」

はり切った私の一方、三ノ輪さんはなんだかぼうっとした表情で石段を見上げている。

「どうかしましたか？」

「え、あ、すみません。なんか、こんな景色だったかなと思って……」

急に不安げな表情になってしまった三ノ輪さんに、私はある情報を思い出した。

「伊香保の石段って、十年前に延長されたんですよ。下に長くなったんです」

「え、そうなんですか？」

「少し上れば、昔からある石段に出ると思いますよ。きっと、以前ここに来られたの、石段の延長前だったんですね」

へぇーと三ノ輪さんはまじまじと辺りを見回した。

「景色って変わるものなんですね」

延長された石段は、中央が黄金色の湯が流れるスペースになっている。「そうそう、こんな色のお湯でした」と三ノ輪さんは石段を上っていく。

少し上るとまた広場になっている場所があり、そこに『伊香保温泉　これより石段参百六拾五段』という石碑があった。これには三ノ輪さんも見覚えがあったらしい。

「私、てっぺんまで上れるかなぁ……」

三ノ輪さんは、石段の表（おもて）にあるプレートを見た。プレートは一段ずつすべての段についていて、『16段／365』といった具合に今自分が下から数えて何段目にいるかわかるようになっているのだ。

「以前はてっぺんまで行きましたか？」

「一応。でも、もう十年経ってるし」

さも自信なげな三ノ輪さんに、「いざとなったら手を引きますよ！」と約束した。

三ノ輪さんの心配はよそに、しゃべりながら歩いていると、なんだかんだで五十段くらいはあっという間。

「観たいところとか食べたいものがあったら、遠慮なくおっしゃってくださいね」

「あ、じゃあここの関所と公使別邸、観てみたいです」

石段から横道に入ってすぐのところに、白壁と濃い色の木の柱が印象的な伊香保関所と、明るい色の二階建て木造家屋のハワイ王国公使別邸があった。どちらも閲覧無料、外から中を覗けるようになっている。

三ノ輪さんは建物に興味があるのか、デジカメで柱や屋根を撮っていた。『星屑温泉郷』では、日本家屋風の旅館の建物が細部まですごく凝っていて装飾も美しく、とても印象的だった。古い建築物は参考になるのかも。

憧れていた漫画家さんの創作の一場面に立ち会っているようで、それだけで気持ちが昂ぶってしまった。少しでも力になれていたらいいけど……。

石段に戻って再び上っていくと、すぐに「石段の湯」という公営の立ち寄り温泉の前を通りかかる。

「温泉も入りたかったら言ってくださいね。タオルもばっちり用意してあるので」

「すごい！　そしたら、明日の午前中にここに寄ってもいいですか？　今日は最後まで上り切れたら、露天風呂まで行ってみたいんです」

石段の頂上、伊香保神社のさらに奥へと進むと、湯元源泉地に「伊香保露天風呂」という共同浴場があるのだ。

「じゃあ、がんばって上りましょう」

「はい。……以前来たときに露天風呂に入ったなぁって、さっき思い出したんです。すっかり忘れちゃってたのに、いざ来ると色々思い出しますね。景色は変わってるはずなのに」

「景色もそうですけど、空気とか匂いとかもあるんじゃないでしょうか。旅行って、行ったことがない場所に行くのも、行ったことがある場所に行くのも、どちらもそれなりの楽しみがありますよね。新しい発見もあれば、思い出をふり返る楽しみもあります」

石段沿いにある雑貨店を覗き、射的にもチャレンジして三ノ輪さんは手のひらサイズの黄色いアヒルをゲットした。

「私、このお風呂に浮かべるアヒル好きなんですよねー」

「わかります、かわいいですよね！」

『星屑温泉郷』でも黄色いアヒルがたくさん出てくる。温泉＝お風呂だからアヒルなのかと思っていたけど、それもこの温泉街の影響かも。射的のお店はいくつもあり、どこも揃って景品にアヒルの玩具が置いてある。

そうしてさらに段を上り、「岸権辰の湯」という屋根つきの足湯に出た。近くの旅館が無料で開放している足湯で、場所も石段街のちょうど中ほど。今晩宿泊する旅館もこの近くのはずだ。

「身体がじんわり温まるし、ぼんやりするにはいいんですよね」

足湯が好きらしく、早速ズボンの裾をまくっている三ノ輪さんにハンドタオルを渡す。

そういえば、草津で話しかけたのも足湯のそばでのことだった。

三ノ輪さんは片脚を黄金色の湯に突っ込んでから、ハタと気づいたように私を見上げた。

「川波さんも入りません？」

「いえ、私は……」

「足湯、嫌いですか？」

「嫌いじゃないですよ。でも一応、私は仕事中なので」

「足湯くらい、いいじゃないですか！　榊さんに怒られちゃうって言うなら、私がなんとかしますから！」

というわけで、私も隣で足湯に浸からせてもらった。

「ちょうどいい湯加減ですね」

「ですね。そういえば、草津の足湯は熱めでしたね」

なんだかんだ、ここまで石段を上ってきた脚には嬉しい。私まですっかりリラックスしてしまった。

三ノ輪さんは目を閉じて静かに足湯を堪能(たんのう)している。その横顔から、楽しんでくれているのはわかった。

私は湯に脚を浸けたまま、ここぞとばかりに三ノ輪さんに提案する。

「実は、そばにもう一つ足湯があるんです。三ノ輪さまのこと、どうしても連れていきたいなって思ってて」

こっちを見た三ノ輪さんは、パッと表情を明るくした。

「じゃあぜひ！　そんなによさそうなところなんですか？」

「ここよりちょっとこぢんまりしてるんですけど、写真を見たらそれはもう、星屑浴場にあるのにそっくりで——」

「星屑？」

あっと思ったときには遅かった。

三ノ輪さんの顔が、みるみるうちに赤くなっていく。足湯でそこまで赤くなるわけがない。

失敗した。

「……あの」と私がそっと声をかけると。

三ノ輪さんは、勢いよく立ち上がった。

「石段をちょっと降りたところに、休憩所ありましたよね。私、お手洗いに行ってきます」

私から顔を背け、少し早口でしゃべりつつ、タオルで脚を拭き始める。

「じゃあ私も――」

「か、川波さんはここで待っててください！　一人でいいです！」

それは、あまりにはっきりした拒絶だった。

三ノ輪さんはそのまま私を顧みることはなく、顔を伏せ気味にして走るように去っていってしまった。

……足湯でものぼせることがあるんだろうか。

足湯に浸かったままどれくらい固まっていたかわからなくなり、頭がぐるぐるしてきた頃。

「――亜夜さん？」

名前を呼ばれて顔を上げた。旅館に荷物を置いてきたのか、身軽になった榊さんだった。

「なんで一人で足湯に入ってるの？」

「それは……」

「っていうか、顔まっ赤じゃん！　早く出て！」

温泉から両脚を出すと、体中がほかほかして汗ばむくらいになっていた。やっぱりのぼせていたのかもしれない、ぼんやりしていたら榊さんがどこかで冷たいミネラルウォーターを買ってきてくれ、ありがたく頂戴した。

「三ノ輪さんは？」

「少し降りたところに、休憩所があるんです。そこに行くって……」

三ノ輪さんの名前を聞いたら、涙が滲(にじ)みかけて呑み込んだ。

「何かあったの？」

「榊さんが忠告してくれたのに……うっかり漫画のこと話しちゃいました」

考えれば考えるほど、伊香保温泉には『星屑温泉郷』との共通点がたくさんあった。だから、『星屑温泉郷』の作中に登場するアイテムや場所を想起させるスポットを回れば、三ノ輪さんの役に立つんじゃないかと考えた。

せっかく三ノ輪さんが勇気を出して申し込んでくれたプラン。それなら、できる限りのことをしたかったのに。

その結果がこれだ。

三ノ輪さんはきっと、漫画のことを伏せておきたかったに違いない。

「すみません……」

顔を伏せていたら、ポンポンと頭を撫でられた。

「亜夜さんが、三ノ輪さんのことをたくさん考えてそうしたのはわかるよ」

また涙が滲みかけて、奥歯を噛みしめて堪えた。

「でも、謝るべきは僕じゃないよね？」

そのとおりだ。

顔を上げると、榊さんは一つ頷いてくれた。

「三ノ輪さん、探してきます」

足湯で温まりすぎたせいで、ちょっと動いただけで体中に熱い血が巡っていくようだった。

往来する人の間を抜け、石段から横に逸れて「石段いっぷく館」という休憩所を覗いた。一階のトイレにはそれらしき人はおらず、階段を上って二階に行くと、ちょうどこちらに背を向けるように椅子に座った三ノ輪さんを見つけた。

「――三ノ輪さま、」

そっと声をかけると、三ノ輪さんはビクリとしてふり返った。

口元にハンカチを当てていて、その目は泣いたあとなのかまっ赤になっていて胸が痛む。

本当に、無神経なことをしてしまった。

三ノ輪さんは私を指名して、旅行を作ってほしいと言ってくれた人なのに。

離れたところで私は足を止め、勢いよく頭を下げた。

「不快な思いをさせて、本当に申し訳ありませんでした‼　――私、『星屑温泉郷』、すごくすごく好きなんです。電車で三ノ輪さまがノートに描いていた絵を見て作者の花坂先生だって気づいて、それで……」

三ノ輪さんのためになるような旅にしたかった。

でもそれは、私の独りよがりだ。

榊さんの言うとおり。私たちは旅行会社の人間で、依頼を受けて仕事をするのが基本。頼まれていない、余計なことまでするなんて……。

「ち、違うんです！」

三ノ輪さんの声に顔を上げた。

「私、その、なんか嬉しすぎて」

「え？」

「だって、連載終わってだいぶ経つのに、『星屑浴場』だなんてお話にチラッとしか出てこないところまで覚えてくれている人がいるなんて、思わなくて……」

三ノ輪さんはハンカチを目元に当て、そのまま俯くように頭を下げた。

「ありがとうございます……！」


三ノ輪さんが落ち着くのを待って休憩所の外に出ると、広場のところで榊さんが待ってくれていた。

「大丈夫ですか？　飲みものでも買ってきましょうか？」

榊さんの言葉に三ノ輪さんは首を横にふると、こんなお願いをした。

「少しだけ、話をしてもいいですか？　誰かに話したい気分なんです」

そうして広場のベンチに座ると、三ノ輪さんはポツポツと話し始めた。

「『星屑温泉郷』の、続編の企画があるんです」

でも連載が終わり、糸が切れたようになってしまった。そのうえ考えても話がうまくまとまらず、作業も思うように進んでいない。

「時間って、何もしてなくても流れちゃうんですよ。このままだと読者に忘れられちゃうんじゃないかって焦りばかり大きくなって、余計に何も出てこなくなって」

そんなとき、連載が決まる前に訪れた温泉のことを思い出した。

「私、高校まではなんとか学校に行けてたんですけど、大学で馴染めなくて中退しちゃって、引きこもりみたいになってた時期があるんです。でも何かしなきゃダメだって思って、好きだった漫画を描いて、出版社に持ち込みに行ったんです」

けど例のごとくで電車の乗り継ぎに失敗し、約束の時間には間に合わなかった。

「出版社に着いたけど約束の時間は過ぎてるしどうしようと思っていたら、女性に名前を呼ばれたんです。彼女は高校時代のクラスメイトでした。その出版社で、偶然にも編集者をやってたんです」

そのときのことを思い出したのか、三ノ輪さんは小さく笑った。

「同じクラスってだけで学生時代に仲がよかったわけでもないんですけど、藁にもすがる思いで彼女に原稿を見せたんです。そしたら『磨けばよくなる』って言ってくれて」

彼女と一緒に連載を目指すことになり、色んな企画やネームを提出した。

けど、そう簡単にはいかず、しまいには行き詰まってしまい、何も描けなくなってしまった。

「そんなとき、彼女とここに来たんです。家の中にいてばかりだからダメなんだって連れてこられて……彼女の言うとおりでした。ここで、作品のヒントをたくさんもらえたんです。だから、」

三ノ輪さんは石段を仰ぎ見た。

「またここに来たかったんです。間違えて草津に行っちゃったとき、川波さんが声をかけてくれて、本当にありがたかったです。それに、川波さんが私の作品を覚えていてくれたことも、本当に本当に嬉しかった」

ありがたすぎる言葉に目頭が熱くなってしまい、私は俯いて小さく首を横にふった。

「お礼を言うのは私の方なんです。私……大学時代に、花坂先生の漫画に救われたことが何度もあって」

人付き合いが苦手で、勇気を出して入ったサークルにも馴染めなくてすぐにやめちゃって。花のキャンパスライフどころか、一人旅だけが楽しみという状態だった大学時代。

そんなときに出会ったのが、『星屑温泉郷』だった。

「主人公の彩夜って、一人でもすごく強いじゃないですか。自分の信念を持ってて、他人の顔色を窺うくらいだったら正面からぶつかってこうってキャラで……あんな風になりたいって、いつも思いながら読んでました」

人付き合いが苦手なのが解消されたわけじゃないけど、それならせめて、彩夜みたいに自分の好きなものは大事にしようって、好きなもののために全力でがんばろうって思えるようになった。

「就職を考えたとき、最初は旅行業界にするか迷ったんです。でも、彩夜だったらこんなとき、迷わず好きなことに向かって突き進むだろうなって……背中を押してもらえました。『星屑温泉郷』は、私に勇気をくれた作品だったんです」

最後は言葉に熱が入ってしまい、大きく息を吐きだしてから身体を小さくした。

「だから……個人的にすごく思い入れがあって。花坂先生の、三ノ輪さまの力になりたくて、結果的に余計なことをたくさんしてしまった気がします」

「余計なことなんかじゃないですよ！」

三ノ輪さんがすぐさま否定する。

「余計なことどころか、川波さんに頼んで本当によかったと思いました。川波さん、色々、案内しようとしてくれてたんですよね？」

その質問に、大きく頷いた。

「『星屑温泉郷』に出てくるスポットやスイーツなどに似たようなものがないか、行きの電車で調べたんです」

倉持くんに送ってもらったのも、私が指定した条件に合致するスイーツや土産物のリストとお店の一覧だった。

「じゃあ、ぜひ案内してください！　それと、」

「それと？」

「川波さんが知ってる私の作品のこと、もっと教えてください！」

三六五段の石段をやっとこさ上り切り、伊香保神社でお参りし、さらに奥へ進んで目当ての露天風呂まで辿り着いた。

「ゆっくり入ってきてくださいね」と入口で三ノ輪さんを見送り、私と榊さんは入口の正面、湯元源泉噴出口を囲むように置かれているベンチに腰を落ち着けた。

すっかり喉がカラカラで、ミネラルウォーターの残りをあっという間に飲み干した私を榊さんは笑う。

「あんなにしゃべる亜夜さん、初めて見たよ」

周囲から漫画を読むようなキャラだと思われていなかったこともあり、好きな作品の感想を語るという機会がこれまでの人生ではほとんどなかった。そのうえ作者に直接伝えられるとあって、ここぞとばかりに『星屑温泉郷』のどこがいいか、何に感動したかをしゃべりまくってしまったのだ。

「私、もしかしてウザかったですか……？」

「三ノ輪さんは嬉しそうだったからいいんじゃない？」

たっぷり三十分以上経ってから、露天風呂で温まった三ノ輪さんが出てきた。今度は来た道を戻り、石段街の途中にある旅館を目指す。

すっかりリラックスした様子の三ノ輪さんが、ポツポツと話し始めた。

「今さらですけど、思い切って草津に行ってよかったなって改めて思いました。ここに来るきっかけにもなったし、草津は草津で川波さんのおかげで色々見られたし、あれもこれもネタになりそうです」

「それならよかったです！　もしまたどこかに旅行したくなったら、いつでも相談してくださいね。あ、慣れたら一人旅もオススメですよ。私もよく、一人旅するんです」

「一人旅なんて、川波さんカッコいいですね。彩夜みたい！　――私の友人も、旅行が好きな人なんです。去年結婚して、今は産休中なんですけど」

「そうだったんですか」

「彼女が仕事に復帰したとき、また連載ができてればいいなって思ってます」

三ノ輪さんの友人は、私にとっての江美さんみたいなものなのかも。

ふと足を止め、三ノ輪さんは首から提げていたデジカメのシャッターを押した。

「あそこの手すりに止まってる鳥、なんかいい雰囲気ですね」

鳥はすぐに飛び立ってしまい、詳しくない私には種類などはわからなかった。

「どんな風にいい雰囲気だったんですか？」

「そりゃもう、別の世界に連れてってくれそうな？」

三ノ輪さんは度々写真を撮るために足を止め、ノートにメモを取った。頭の中では、もう新しい物語が動きだしているのかもしれない。


そうして日が傾きかけてきた頃、旅館に到着した。

三ノ輪さんにはロビーで待っていてもらい、榊さんが預けていた荷物を受け取っている横で私はチェックインを無事に済ませ——られなかった。

「え？」と思わず声を上げてしまい、三ノ輪さんと榊さんの視線を感じた。

三ノ輪さんを不安にさせるわけにはいかず、ひとまず問題は保留にして三ノ輪さんの部屋だけチェックインを済ませ、仲居さんに案内してもらうことにする。

「何かあったんですか？」

三ノ輪さんに心配そうに訊かれたものの、「私が勘違いしていただけで、なんでもありません」と笑顔で答えておいた。

「それより、お食事、私たちと一緒でいいんですか？」

「はい。一人で食べるより、お二人とお話ししながらの方が楽しそうです」

食事処の前で待ち合わせをすることに決め、仲居さんに案内されていく三ノ輪さんを見送った。そして、離れたところで待っていた榊さんの元へ駆け寄る。

「さっき、何かあったの？」

「実は……私たちの部屋、一室しか取れてません」

「え、なんで？」

こちらの手配ミスか旅館側のミスかはわからないが、事実として予約できているのは一室のみだった。

「土曜日で混んでるみたいで、ほかに空室はないって……」

「じゃ、一緒に泊まろっか」

「身の危険しか感じないんですけど」

「だよねー、さすがに冗談だよ」

あ、そこは冗談なんだ。

「三ノ輪さんは亜夜さんと話したいだろうし、ここには亜夜さんが泊まって。僕は近隣の宿泊施設に空きがないか調べてみるよ。まだ電車もバスもあるし、なんなら渋川に戻って前橋(まえばし)辺りまで出るのもありだし」

「なんかでも、申し訳ない気が……」

「いいのいいの。さすがに亜夜さんと同室で、何もせずにひと晩過ごせる自信が僕にもないので」

さらりと何を言ってるんだと思ったけど、そういうことならもうお任せしよう。

と、そのとき。

「——榊さんっ！」

なぜか、三ノ輪さんが駆け戻ってきた。

「どうかしましたか？」

「あの、私、榊さんにどうしても、どーうしてもお願いしたいことが、一つありましてっ！」

「どうしても」を強調し、三ノ輪さんは両手を合わせて榊さんに頭を下げた。

「夕食のとき、浴衣着てきてください！」

「え？」

「榊さん、背もあるしいい感じの体型だし、すっごく浴衣似合うと思うんですよ！

絶対外に公開したりしないので、資料用に写真撮らせてもらえませんか？」

「あー……はい、外に公開しないのであれば」

「ありがとうございますー！」

漫画家だと身バレしたことで、三ノ輪さんの遠慮もなくなったのかもしれない。

「楽しみにしてます！」と言い残し、三ノ輪さんは再び去っていった。

遠ざかる背中を見送りながら、「榊さん」と私は声をかけた。

「浴衣着て、夕食食べるんですか？」

「みたいだね」

「それ、ここに泊まるしかないんじゃないですか……？」

「かも。ごめんね、亜夜さん」

「ご、ごめんねじゃないですよ！『何もせずにひと晩過ごせる自信が僕にもない』

とか言ってたの、榊さんじゃないですか！」

「あー、多分、大丈夫じゃない？　さすがに仕事中だし、僕の理性もきっと保つよ」

「『きっと』じゃなくて『絶対』でお願いします！」


お金の心配はないとくり返していた三ノ輪さんのこと、選んだ宿は指折りの高級旅館で、いただいた夕食はどの品も絶品だった。

夕食会場の個室を出て「おいしかったですね」と感想を述べようとしたら、三ノ輪さんが榊さんに「浴衣最高でしたっ！」と感極まったように伝えた。

「このご恩は、必ず作品で返します……！」

食事会場が個室だったのをいいことに、食べ終えたあとの十分ほどは、榊さんの撮影会状態だった。三ノ輪さんに指定されたポーズをあれこれ取らされていて、私も便乗してこっそり数枚撮った。三ノ輪さんがモデルを頼みたくなるのもわかるくらい、榊さんの見た目がいいのもまた事実。写真はあとで倉持くんに送ってあげよう。

さすがの榊さんも疲れたようで、「それならよかったです」と笑顔で返すも心なしか覇気がない。

それから三人で宿を出て、夜の石段街を少しだけ散策した。ライトアップされた石段が山奥へと続く光の道のように延び、息を呑むような幻想的な景色だった。

「綺麗……」

　三ノ輪さんはほうっとため息を吐いて、ポツリと漏らした。

「こういう景色、描けたらいいなぁ」

　そして宿に帰り、明日の起床時間を決めて三ノ輪さんと別れ、私と榊さんは部屋に戻った。

「――わぁ！」

　疲れはどこへやら、それを見た瞬間嬉しそうな声を上げた榊さんを私はバッグで殴った。

　夕食の間にテーブルや座椅子がどかされ、畳の部屋には二組の布団が並べて敷かれていてなんとも生々しい。

　夕食までの時間はロビーや土産物店をうろうろして時間を潰してしまったけれど、もうここからはどうしようもない。

　私は覚悟を決め、即座に布団同士の間に作れるだけのスペースを作り、そこに片づけられていた大きな木製の座卓を設置することにした。部屋が広くて本当に助かった。

「亜夜さん、何やってんの？」

「布団の間にバリケード作ってるんです」

立派な座卓は重たく、中腰になって両手で抱えるようにするとなんとか持ち上がった。

「必死だねぇ」

「必死にもなります！　だって――」

ふり返ったその瞬間、思わず続きを呑み込んだ。

すぐ後ろに榊さんが立っていて、私を見下ろしている。

「だって、何？」

不敵な笑みを浮かべた榊さんに、じり、と一歩詰め寄られて座卓を下ろした。

「その……」

中腰だった私は身を引くやいなやバランスを崩し、あろうことか布団の上に仰向けに倒れる。

「大丈夫？」

「なんとか……」

榊さんが腰を屈(かが)めて手を差し出してくれ、上半身を起こしてその手に摑まると。

「――亜夜さんって、実は警戒心薄い？」

え？　と思った直後。

摑まった手を握り返され、そのままぐっと押されて視界が回った。

布団の上に再び仰向けにされてしまい、すぐそばで片膝をついた榊さんに見下ろされる。

「ダメだよ。亜夜さんのこと狙ってる男を、こんなに簡単に近寄らせたらさ」

いつものふわふわした雰囲気とは違う、艶のある声に身体の奥が震えた。

「あの……」

その手が顔の方に伸びてくる。

思わずぎゅっと目を瞑った——直後。

「……ふはっ」

榊さんの笑い声がして、それから頭をポンポンと撫でられた。

そっと目を開けると、榊さんは私のすぐそばにあぐらをかいて座っている。

「ごめん、ちょっとからかっちゃった」

まっ赤になって今度こそ身体を起こし、その浴衣の肩を手のひらで叩いた。

「ヒドいじゃないですか！」

ただでさえ男性慣れしていないこともあり、無茶苦茶びびったのは言うまでもない。

涙目になって抗議すると「ごめん」と謝罪を口にはするも、榊さんはまだ笑っている。

「亜夜さんがあまりに必死だから」

「シャレになりませんよ！」

乱れた髪を手ぐしで直し、布団の上で立ち上がった――

のがいけなかった。

つるりと足が滑り前のめりになって、あろうことか榊さんの胸元に真正面から飛び込んだ。

足が浮いて勢いようつぶせに倒れた。

衝撃のあまり、身体を起こすこともできずにいると。

「……さすがに、これにはドキッとするかな」

そんな言葉に身体を起こして息を呑む。

榊さんを押し倒してしまっていた。

私の身体を受け止めたものの、体重を支え切れなかった榊さんもろとも、畳の上に転がったようだ。

榊さんの肩に手を置き、身体を密着させるような体勢で私は固まっていた。困惑気味の笑みがものすごく近いところにあり、至近距離で目が合って全身がドクドクと鳴って、呼吸の仕方がわからず息が止まる。

よりにもよって、自分から押し倒すなんて……！

ふいに視界のすみで動いたものがあって目で追った。

榊さんが、前に流れていた私の髪に右手の指先で触れている。

「亜夜さんの髪、まっすぐで綺麗だよね」

指先がつっと髪を撫で、手の甲が微かに私の頰に触れた、その瞬間。

体中に電流が走ったようになって飛び退いた。

「す、すみませんでした！」

心臓が早鐘のように打って、もう血管が鳴る音しか聞こえない。

そんな私の一方、榊さんはゆっくりと身体を起こし、私の髪に触れたことなんてなかったかのような、なんでもない顔で後頭部をさすった。どうやら倒れたときにぶつけたらしい。

「あの……頭、大丈夫ですか？　もし痛かったら――」

「そんなに強く打ってないよ。あぁでも、この痛みのせいで理性が――」

「大丈夫そうですね」

まだうるさい心臓をなだめたくて深呼吸していたら、榊さんが立ち上がって私から離れた。ホッとしたようななんともいえない気持ちになりながらも、私も体勢を立て直す。

今度は座卓の移動に榊さんも手を貸してくれ、ようやく無事にバリケードを設置できた。

「奥が榊さんで、手前が私です。座卓を越えてきたら命の保証はしません」

「大げさだなー」

「榊さんの理性を信用してないだけです」

なんて、さっき榊さんを押し倒した私が言う台詞じゃないかもだけど。

榊さんは「さて」なんて、すみに置いてあった自分の荷物に手を伸ばした。

「せっかくだし、僕らも温泉に入ろうか？」

さっきあんなことがあったばかりで、動揺のあまり「無理です！」と声を上げた私を榊さんは笑う。

「ここのお風呂、混浴じゃないから。貸切風呂もう予約いっぱいだったし」

「……なんで貸切風呂の予約なんて調べてるんですか」

答えない榊さんを深追いするのはやめ、それぞれ風呂の準備をして部屋をあとにした。

そして女湯に辿り着き、ようやく一人になると。

自分の脈がずっと速いままだったことに気づいて、思わず両手で顔を覆った。

色んな意味で、ひと晩保つ気がしない……！

異性とひと晩二人きりとか、相手が誰であろうと動揺するに決まってる。おまけに相手は、私のことを好きだのなんだのと飽きずに言ってくる榊さん。意識しない方が無理……。

せっかく源泉かけ流しの温泉に浸かったのに、すぐに茹だってしまいそうで早々に出た。脱衣所で髪を乾かしながら、部屋に扇風機があったのを思い出す。榊さんは時間をかけて温泉に入ると言っていたし、今部屋に戻れば少しは一人でゆっくりできるだろう。

そそくさと部屋に戻ると、予想どおり榊さんはいなかった。浴衣はすぐにはだけそうで落ち着かないし、こんなことなら寝間着用にTシャツの一枚でも持ってくればよかった。

化粧水や美容液を塗り直し、微風にした扇風機の前に正座してしばし心を落ち着ける。スマホを見ると、もうすぐ午後十時。榊さんが戻ってきたら、さっさと電気を消して寝てしまおう。

部屋の入口が開く音がしてビクつき、心臓がまた音を立て始めた。

「あ、亜夜さん浴衣だ！　いいねー、写真撮ってもいい？」

扇風機を止めて静かに深呼吸し、戻ってきた榊さんの方をいかにもなんでもない顔を作ってふり向いた。

「バカなことばっかり言って——」

けど、言葉は最後まで口にできなかった。

ポカンとして固まっている私に、榊さんも首を傾げる。

「どうかした？　あ、もしかして、」

浴衣の裾を持ち、榊さんはその場でくるりと回ってみせた。

「風呂上がりの色気に惚(ほ)れた？」

「な、なわけないですよ……」

いつの間にかズレていた自分のメガネのブリッジをぐいと押した。それから、平静を装って訊いてみる。

「榊さんって、普段はコンタクトなんですね」

「そうそう。ド近眼でさー」

見慣れないメガネ姿の榊さんは自分の布団の上であぐらをかくと、こちらに背を向けて鼻歌交じりに荷物を整理し始めた。

下半分のハーフフレーム、縁は焦げ茶色、レンズは楕円。などと目にしたメガネの形状を頭の中で反芻し、そして。

「――榊さん、」

たまらなくなって、つい声をかけた。

「ん？」とその顔がこっちを向く。

メガネの奥から見つめられ、出かかっていたたくさんの質問は喉元で止まった。

「……なんでもないです。私、先に横になるんで、電気消してくださいね」

「もう？」

「疲れてるんで……」

これ以上榊さんの顔を見ていられず、バリケードにした座卓の陰に隠れ、そそくさと布団に潜り込んで頭の上までかけ布団を引っぱり上げた。

しばらく荷物を整理するような音が聞こえていたけど、そんなにかからず部屋の電気が消される音がした。布団からそっと目元を出すと、もう部屋は闇に沈んでいる。

「……亜夜さん、まだ起きてる？」

暗闇の中から声が聞こえてきて、返事をすべきか迷った。

「三ノ輪さん、喜んでくれてよかったね」

かけ布団を首のところまで下ろし、「はい」と小さく返事をした。

「でも、榊さんに言われたこともっともだと思いました。好きな漫画家さんだって
わかってテンション上がっちゃって……勢い余ってすみませんでした」

「でも、結果的にはそれでよかったし。結果がよければ僕はそれでいいよ」

堪えようもなく鼻の奥が湿っぽくなった。

けど洟をすする音なんて絶対に聞かせたくなくて、ゆっくり深呼吸して込み上げた
ものは呑んでおく。

「うち、なんでもありの3課だしさ。僕の方こそ余計なこと言ったかもって、ちょっ
と反省した部分もあって」

「そんなこと――」

「うちの課には、個人に寄り添えるプランナーこそ必要だし」

とうとう我慢できなくて、小さく洟を鳴らしてしまった。

けどもう返ってくる言葉はなく、聞こえてくるのは静かな寝息ばかり。

枕に顔を押しつけて、叫びだしたいような気持ちをどうにか霧散させた。

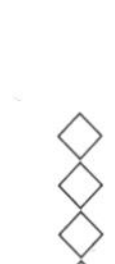

なんだか色々あったものの、無事に三ノ輪さんのツアーを催行し終え、また新しい一週間が始まった。

ツアーの翌日は休みにしていたので、四日ぶりの出社だ。

「あれ、榊さんは？」

定時になっても姿を現さない榊さんのことを訊くと、倉持くんが「午前休みたいですよ」と教えてくれた。

「珍しいね、半休なんて」

榊さんはツアー明けの昨日も出社していたようで、倉持くんのデスクには伊香保の温泉饅頭の箱がうずたかく積み上がっている。私が買った分のお饅頭も、榊さんがまとめて持ち帰ってくれたのだ。

「あ、倉持くんにこんなお土産も買ってきたよ」

石段をモチーフにした、ゆるキャラのキーホルダーを渡した。

「種類違いで三つ買ってきた」

「わかってますね」

倉持くんは受け取ったキーホルダーを手の中でまじまじと観察してから、そうだ、と思い出した顔になる。

「一応訊いておきますけど、あの写真、なんだったんですか？」

「あの写真？」

「榊さんの浴衣ショット」

三ノ輪さんのリクエストで撮影会が行われたことを話すと、なんだ、と倉持くんは少し残念そうな顔になった。

「榊さんに訊いたら、『なんで僕と亜夜さんのプライベートショットを倉持が持ってるの？』とか真顔で言われたんですけど」

「わかってると思うけど、本気にしなくていいからね？」

メーラーを立ち上げ、この数日分のメールをチェックする。

すると、今朝到着したばかりのメールが目についた。

『ツアーでは大変お世話になりました、三ノ輪です。

伊香保から帰って以来、ずっとネーム作りをしていたのでお礼が遅くなりました。

さっきようやく担当編集に送ったところです（いい返事だとよいのですが……）。

川波さんにはたくさんお世話になり、本当に感謝してもし切れません。素敵な旅行を作ってくださり、私の作品の読者でいてくれて、本当に本当にありがとうございました！

また、浴衣姿を披露してくださった榊さんにも、どうぞお礼をお伝えください。

また連載できるようにがんばります！』

そのメールを三回読み直し、いただいた一語一語を噛みしめる。

お礼を言いたいのはこっちの方。

返信はあとでゆっくり大事に書こうと、先にほかのメールをひととおりチェックすることにした。するするとタイトルと名前を見ていって、昨日の日付で届いていた、久しぶりに見かける名前からのメールにマウスの手が止まる。

……1課の課長？

そのメールには、出社次第電話で折り返すよう書かれていて、怪訝(けげん)に思いながらも内線をかけると五階にある総務課の会議室に呼び出された。

もしかして、1課時代のミスか何かが今頃露呈したとか……。

などと嫌な想像を膨らませていたら、会議室で待っていたのは予想外の人物だった。

1課の課長と、人事部長。

「突然呼び出して申し訳ありません」

人事部長は穏やかに謝ると、私に席を勧めてきた。

「失礼します」と頭を下げて会議室を出、エレベータホールで一人になって気が抜けた。

まったくもって、わけがわからない。

1課課長と人事部長の話を端的にまとめると、私が希望すれば七月から1課に戻ることが可能、ということだった。

ぼんやりした理由で3課に飛ばしたくせに、今度は好きに戻っていいなんて、釈然としないにもほどがある。納得できなくて返事は保留にしてしまった。

エレベータボックスが到着し、苛立ちをまき散らすように早足で乗り込んだ。エレベータボックスには私以外誰もいない。ゆっくりと変わる階数表示を見つめつつ、考えれば考えるほどむかむかしてきた。

江美さんと話したい。

業務中だとわかっていつつも、江美さんにメッセを送った。昼に会って話せないかという内容を送ったものの、忙しいのか既読にならない。

エレベータボックスが一階に到着し、３課へと戻りがてら、ふと足を止めた。

榊さんは、このことを知ってるんだろうか。

課長なのだ。知らなかったわけがない。

じゃあ、いつから？

――うちの課には、個人に寄り添えるプランナーこそ必要だし。

ほんの数日前には、あんなことを言ってたくせに……。

江美さんに送ったメッセは、一時間待っても返信がなく、それどころか既読にすらならなかった。

そして、それからさらに数時間後。

社内ホームページに掲載された情報を見て息を呑んだ。

昨日づけで、江美さんは森沢観光を退職していた。

Plan 4：はじめての旅

午後一時過ぎ、オフィスに顔を出した榊さんに私は詰め寄った。

「どういうつもりですか⁉」

フロアに響いた私の声が、倉持くんだけじゃなく販売部の視線も集める。

けど、そんなものはどうでもよかった。

今大事なのはそんなことじゃないし、私のことなんてどうでもいい。

立ちはだかるように正面に立ち、榊さんの顔を見上げた。いかにも困ったような、同情するような目で見下ろされている気がして、身体の奥からさらに沸々と熱いものがわき起こる。

「なんの話?」

「しらばっくれないでください。わかってるはずです!」

「亜夜さん、少し落ち着いて」

なだめるように肩に触れられそうになったが、その手はパシリと払った。けど、払った手首をすぐさま摑まれる。

「場所、変えよう」

「ここでできないような話なんですか⁉」

「頼むから」

懇願するように言われてしまって黙った。

手首を掴む手は力強くて大きく、私より体温がずっと高い。その温かさに、気をはっていないと号泣してしまいそうだった。

私が大人しくなったのを見て取ると、榊さんは私の手を引いて3課のオフィスを出、空いていた会議室に入った。

奇しくもそこは、かつて私が倉持くんと閉じ込められた会議室。照明を点けると蛍光灯の白い光で四角い空間が浮かび上がり、榊さんはそっと私を押し込んでドアを閉める。

「ここ、内鍵がないなんて問題だよね」

榊さんが空気を和ませるように笑ったけど、そんな雑談をするつもりはなかった。

改めて榊さんに対峙する。

「教えてください」

「何を？」

「私の情報漏洩の噂のこと、榊さんが調べたんですか？」

榊さんはまじまじと私を見つめ、けどすぐに首を傾げてみせた。

「ごめん、なんの話かわからないな」

あくまでシラを切り通すつもりなのか、穏やかに返されてまた血が上る。

こっちだって、思い当たる節が何もないわけじゃないのだ。

「思い出したんです。榊さん、以前、ブルー・ツーリストの企画部長と飲んでましたよね？」

これにはさすがの榊さんも予想外だったのか、その顔にわずかに動揺が見えた。

江美さんがセッティングした、合コン会場の居酒屋。その個室で、榊さんが会っていた中年男性の顔になんとなく見覚えがある気がしていたけど、ふと思い出したのだ。情報サイトにインタビューが掲載されていた、ブルー・ツーリストの企画部長。さっき写真を見返したけど、間違いない。

「個人的な知り合いってだけだよ」

「じゃあ今ここで、メールでも電話でもして証明してください」

譲らない私に、榊さんは深々と嘆息した。

「亜夜さん、意外と頑固だよね」

「江美さんが……江美さんが退職したんです！　黙ってられるわけないじゃないですか！」

すると、今度は榊さんが訊いてくる。

「亜夜さんは、日比野さんの退職が、どうして情報漏洩の噂と関係あると思うの？」

あまりにまっすぐ核心を突かれて言葉に詰まった。

「何もかもわかっていたのに見ないフリをしていた亜夜さんこそ、認めるべきなんじゃないの？」

こんなところで二人きりになったことを悔いた。逃げ出そうにもそんな場所はどこにもなくて、よろけるように一歩あとずさったら榊さんに手を掴まれた。

「……離してください」

「ちゃんと前を向いて、現実を受け止めるべきだ」

「なんの話かわかりません」

掴まれていた手をふり解こうとしたものの、逆にその手に力が込められる。

「日比野さんの退職理由なんて、亜夜さんが一番よくわかってるはずだよね？」

「……わかりません。なんの話かわかりません！」

私は叫んでその場にしゃがみ込んだ。

少しして、榊さんは掴んだままの私の手を優しく握った。

「さっきは、嘘をついてごめん。亜夜さんにまつわる情報漏洩の噂、確かに僕が調べた。ブルー・ツーリストの方でも、もしそんな不正があるなら見逃せないと社内調査に協力してくれた。３課くらい暇なら、そんな時間はいくらでもあるからね」

うなだれたままの私に、榊さんの言葉がポツポツと降ってくる。

「噂のことは、亜夜さんも知ってたんだよね？」

「……知ってました。でも、気にしないことにしてたんです」

私はやましいことなど何もしていないし、だからこそ情報漏洩なんて根も葉もない噂だと確信していた。

考えようともしなかったのだ。

私以外の誰かがそれをしている可能性があるなんて。

「僕には、亜夜さんがそんなことをする人間じゃないってわかってた。なら、亜夜さん以外の誰かが情報漏洩に関わったってことになる」

ブルー・ツーリストに先を越されたあの件で、私がどの旅館に営業をかけているのか、早い段階で報告していたのは江美さんだけ。

つまり、もしそんなことをした誰かがいるとしたら、江美さん以外にはありえない。

それくらいは、私にもわかる。

「……私は江美さんを信じてたんです」

江美さんがそんなことをするわけないって、全幅の信頼を置いていたのだ。

　だからこそ、噂は噂だとやり過ごし、可能性すら考えようともしなかった。

「亜夜さんは優秀だし熱意もある。それを第三者の悪意で潰されかけてるなんて、僕は放っておけなかった」

　私の異動、そして江美さんの退職という現実。

　榊さんに言われるまでもなく、導き出される結論が一つしかないことくらいはわかる。

　それでも「悪意」という言葉は、江美さんのイメージとはあまりにかけ離れていた。

「江美さんは……」

　何もわからない私に、一から色んなことを教えてくれた。

　私が親と不仲だと知ると、休日でも関係なく連絡をくれ声をかけてくれた。

　私も一人だから、なんて言って、誕生日を祝ってくれたり、クリスマスや正月に一緒に過ごしたりしてくれた。

　3課に異動したときだって、自分のことのように怒ってくれて、心配してくれた。

　本当の肉親よりも大切な、姉のような存在。

　私の知っている、信じている江美さんをそう簡単には諦められない。

「きっと、きっと何か事情があるはずです！　江美さんはそんな人じゃ――」

けど私の思いとは裏腹に、榊さんはさらなる事実を冷静に伝えてくる。

「その江美さんは、ブルー・ツーリストの社員に度々社内情報を教え、亜夜さんの企画も漏らして潰したんだよ」

「だから事情が——」

「そのうえ、『川波亜夜がブルー・ツーリストに情報を漏らした』ってデマを流して、亜夜さんを3課に追いやった」

そんなわけない。

江美さんがそんなことをするわけがない。

はず、なのに。

噂が流れていたのも、私が3課に飛ばされたのも、すべて事実。

そんなの嘘に決まってる！　なんて喰ってかかれるほど、私は浅はかじゃない。

それに、この数ヶ月でわかったこともある。

榊さんはきっと、私にこんなヒドい嘘はつかない。

いつの間にか頬が濡れていることに気がついて、手の甲で雑に拭った。それから握られていた榊さんの手を離し、壁に摑まって立ち上がる。

「ごめん、亜夜さんを追い詰めるつもりじゃなかったんだ。混乱するのもわかるし、日比野さんと仲がよかったならショックだったよね」

気遣わしげなその言葉には何も返せず、私は小さく洟をすすってから頭を下げた。

「取り乱して、すみませんでした。……先日出した有給申請、却下しておいてください」

「亜夜さん、」

「先に戻ります」

言葉の最後は震えかけ、あふれかけたものは下唇を噛んで堪えた。

榊さんの脇を抜けて会議室を出た。

前を向いて、胸をはって、機械的に足を動かしていくうちに頬は乾き、熱くなっていた体中の血が冷えて下がっていく。

まっすぐ3課のデスクに戻ると、一人で帰ってきた私を不思議そうに見る倉持くんの視線に気がついた。けど、そちらには反応せずにいたら、倉持くんは身を乗り出すようにしてパーティション越しに訊いてくる。

「何かあったんですか？」

「……何も」

机上の書類の山を課長席の方に移動して壁を築き、顔を伏せ気味にしてノートパソコンのディスプレイを見つめた。少しして榊さんが戻ってきた気配がしたけど、そちらは一切視界に入れず、ただただ時間をやり過ごす。

そして定時になった瞬間、バッグを引っ摑んでオフィスを飛び出た。

もうすぐ六月、日は延びて午後六時過ぎだとまだ外は明るい。

人の往来する通りを早歩きしながらスマホを見てみるが、メッセの通知はなく、午前中に江美さんに送ったメッセはまだ既読になっていなかった。

思い切って通話ボタンをタップしてみた——けど、やはり通じない。

何もかもが、榊さんの言葉を裏づける。

スマホを耳に当てたまま俯き、歩道のまん中で足を止めた。背後からやって来た誰かにぶつかられて舌打ちされ、小さく謝りながらすみの方に移動する。

なんにも応えてくれない手の中のスマホを地面に叩きつけたい衝動は抑えたものの、いつの間にかあふれていた涙はなかなか止まらない。涙を拭こうと外したメガネが、手が滑って足元に落ちた。

メガネがアスファルトの地面とぶつかる小さな音を聞いた瞬間、何かが決壊した。

もう立っていられなくて、その場にしゃがみ込んで膝を抱えた。

その晩はほとんど眠れずにベッドの中で過ごし、翌朝はいつもより三十分以上早く家を出た。時間が早いからか通勤の電車にも心なしか余裕があり、あっという間に会社に到着してしまう。

オフィスにはまだ人がまばらで、３課はもちろん私一人。家を出る前にシフト表を確認し、今日は榊さんがお休みであることは把握済みだった。じゃなかったら、こんなに早くオフィスには来ない。

顔を合わせるのは気まずかったのでちょうどよかった。けどその反面、昨日の今日で自分だけ休むなんてズルいなどとも思ってしまう。私だって会社に来る気分じゃない。ズル休みできない自分の性格が疎ましい。

早く来たところで、江美さんの反応がないメッセアプリを眺めるくらいしかやることはなく、しまいには閉じたノートパソコンの上に突っ伏した。

「――川波さん、始業時間ですよ」

頭のてっぺんを何かでぐりぐりされ、顔を上げると倉持くんがいた。

「おはよう」

「おはようございます。なかなかヒドい顔ですね」

目を上げると、倉持くんが私をぐりぐりしていたのは、魔法のステッキみたいな巨大な棒つきキャンディだった。レインボーカラー。

「そんなのどこで買ってくるの？」

「どこでも買えますよ。人って興味がないものには気づきませんからね」

乱れていた前髪を手ぐしで直していると、キャンディの包みを剝がしながら倉持くんが訊いてきた。

「川波さん、今日、ランチ付き合ってくれませんか？」

倉持くんに連れてこられたのは、本社ビルを出て宝町方面へ向かう途中、少し前にできたばかりだというカフェだった。ピンク色の外壁にパステルカラーの花の装飾と、女性の私でも入るのにためらわれるかわいらしさだ。

「パフェが評判なんですけど、さすがの俺もここに一人で入るのは難易度高くて」

人気店なのか、女性客ばかりの列が店の外にずらりと延びている。

「これ、休み時間の間に入れるの？」

「あ、午前中のうちに予約しておいたんで」

　パステルカラーの店には不似合いなスーツ姿で倉持くんが颯爽と入口のドアを開け、名前を告げると窓際のテーブル席にすんなり通された。すらっとした高身長にスーツ姿の倉持くんは、女性客ばかりのファンシーな店内中の視線を集めていて、連れの私の方が気まずい。

　外観以上に店内装飾も凝っていて、アンティーク調の小物と色とりどりの花に飾られていた。乙女モード全開の店内に落ち着かない私の一方、倉持くんは澄ました顔で花柄のメニューを開く。

「オススメは、エディブルフラワーを使ってるこの『季節限定・ときめく秘密の花園パフェ』だそうです」

「注文するだけで恥ずかしいんだけど。お昼だし、私はサンドイッチとドリンクのセットでいいよ」

「わかりました」

　わかりましたと言ったくせに、倉持くんは「季節限定・ときめく秘密の花園パフェ」を二つ注文した。

「倉持くん、私はランチにパフェは食べないんだよ……」

「よくわかりませんけど、とりあえず甘いもの食べておけば世の中の大抵のことはなんとかなります」

パフェはそう時間がかからず席に運ばれてきた。期待していなかっただけに、それを目にした瞬間、思わず「綺麗」と漏らしてしまう。

筒状のパフェグラスの中で白いクリームとチョコレート、ベリーのムースが層状になっていて、バニラアイスとクランベリー、マカロンなどが載っており、ローズ、パープル、ホワイトの花が咲いている。

倉持くんは満足げに眺めてから、スマホで写真を角度を変えて何枚も撮った。せっかくなので私もスマホを取り出し、写真を数枚撮ったところでたちまち空しくなる。

今までだったら、『こんなの食べましたよ！』とかひと言添えて、こういう写真は江美さんに送ってた。

たちまち落ち込んでしまった私などおかまいなしに、倉持くんは「いただきます」とパフェを食べ始める。そして、なかなか手を着けない私に、「アイス溶けますよ」と声をかけてきた。

パフェは何も悪くない。気が進まないながらもスプーンを手にし、バニラアイスとパープルの花弁をすくって口に運ぶ。

バニラアイスが冷たい軌跡を残しながら喉を滑って胃に落ちていき、今さらながら自分が空腹であることに気がついた。

「……そういえば、昨日の夜からほとんど食べてないんだった」

お茶を飲んだ記憶はあるけど、食事を用意する気分になれず、すぐに横になってしまったのだ。眠れないとわかっていたのに。

「お代わりするなら付き合いますよ」

「そんなに食べない」

スプーンでアイスやクリームを口に運んでいく。空腹にパフェとか、あまり健康にはよくない気がしたけど、おかげで少し頭がクリアになった。

「メガネ、変えました？」

いつの間にか倉持くんは完食していて、ちまちま食べている私にそんなことを訊いてくる。

「よく気づいたね。レンズに傷がついちゃって……」

昨日着けていたメガネはアスファルトの地面に落とし、レンズの表面に傷ができてしまったので、今日は家にあった予備をかけてきたのだ。

とはいえ、縁の色が少し薄いくらいで、レンズも似たようなスクエアタイプ。違いなんて気がつかないのが普通だろう。

「榊さんもすぐに気づくんじゃないですか？」

「どうだろうね」

出された榊さんの名前に、若干棘のある声音になってしまった。

「じゃあ、このメガネ、度が入ってないことには気づいてた？」

それは予想外だったのか、倉持くんは「まったく」と答えた。

「伊達（ダテ）ってことですか？」

その質問に、瞬間的に耳の先が熱くなった。言わなくてもいいことをカミングアウトしてしまった気がする。

これ以上余計なことを口にしないように、残っているパフェに意識を集中した。

倉持くんはそんな私を眺めてから、ポツリと質問してくる。

「川波さん、前の課に戻るんですか？」

スプーンを動かす手が止まった。

「榊さんに、何か聞いた？」

「そういうわけじゃないですけど。昨日、なんか揉めてたじゃないですか。実は少し前に、榊さんから『亜夜さんが3課にいるのは一時的なものだから』って聞いたんですよね」

以前、倉持くんがこんなことを言っていたのを思い出す。

——榊さん、他課が手を挙げたがらない問題社員ばかり拾うんですよ。

情報漏洩の嫌疑がかかっていた私を、榊さんは積極的に拾ってくれたのかもしれない。一時的に、私を1課から、江美さんから遠ざけるため？

……ちゃんと説明してほしい。

私のことなのに私は蚊帳の外、知らないところで問題は解決し、収束しようとしている。江美さんの退職、私の1課への復帰という形で。

「まだ、何も決めてない」

私の答えに、「そうですか」と倉持くんは肩をすくめた。

「迷うことないと思いますけどね。戻れるなら戻った方が今後のためにもいいし。俺なんて3課育ちなんで、ほかに行くところないですよ」

「異動の希望とか、出したことないの？」

「ないですね。俺、川波さんみたいに暑苦しいタイプでもないし、今くらいの労働環境でちょうどいいです」

「暑苦しいって……」

「頼まれてもないプラン作ったりとか、何かと無駄が多いじゃないですか。そういう無駄なこと、俺はあんまりできませんし。まぁ、そういうところ、榊さんに似てますよね」

反応に困ることを言われ、私はごまかすようにスプーンでクリームをすくった。

カフェを出る頃には、すっかりお腹いっぱいになった。

「パフェ、付き合ってくれてありがとうございました」

甘いものが関わると、倉持くんは本当に素直だ。

「倉持くんなら、別に一人でも来られたんじゃない？」

私なんていてもいなくても、倉持くんは場にすごく馴染んでたし、仮に浮いていてもパフェさえあれば気にしないように思えた。

「いえいえ、一応生物学上は女性の川波さんが一緒で助かりました」

倉持くんは榊さんみたいに私に歩幅を合わせたり、ましてやどうでもいい雑談に花を咲かせたりするタイプじゃない。さっさと歩いていく倉持くんに一歩遅れてついていきつつ、私は手の中でスマホのメッセアプリを開いた。

既読にはきっとならないとわかっていたけど、『話がしたいです』と江美さんにもう一度だけ送る。

夜になっても日付が変わっても、やっぱりメッセは既読にならなかった。

次の日の朝、私が出社すると榊さんはすでに課長席にいて、「おはよう」と挨拶してくれた。けどその声にはいつもの軽さも明るさもなく、わかりやすいくらいの気遣いを感じられる。

倉持くんがまだ出社してきていないのを横目で確認してから、私は自席に荷物を置いて課長席に向かった。

「おはようございます。……あの、少し話、いいですか？」

榊さんは椅子から立ち上がった。

「場所変える？」

「いえ、すぐ済むと思うんで。……一昨日は、突っかかってすみませんでした」

頭を下げると、「いいから！」と榊さんは私に顔を上げさせた。

「亜夜さんの気持ちもわかるし。僕も、無神経な言い方たくさんしたと思うし、本当にごめん」

「もういいんです。――それでその、異動の話、榊さんとは、できていなかったなと思って」

江美さんのことを知ってカッとしてしまい、異動については榊さんと話せずじまいだったのだ。

「知ってるよ」と榊さんは頷く。

「亜夜さんにはその方がいいのはわかり切ってるし、僕に反対する理由はないよ」

榊さんなら、そんな風に言うだろうと思ってた。

それなら。

「わかりました。私、1課に戻ろうと思います」

言葉にした瞬間、胸が苦しくなって息が詰まった。

一方の榊さんは、心底ホッとしたような、柔らかい笑みを浮かべている。

榊さんが反対しないなら、もうこれでいい。

「わかりました。うん、それでいいと思うよ。寂しくなるけど、亜夜さんが好きな仕事をしっかりできる方がいいからね」

これでいいと、思うのに。

後悔にも似た感情が胸の内を渦巻き始め、動揺を隠すように頭を下げた。

「短い間でしたけど、ありがとうございました」

「いいよ、そんなの。あ、そうだ、今度送別会でもしようか？」

「えっと、そういうのは、苦手なので」

歓迎会に誘われたときは適当にごまかして逃れたというのに、今度はすんなり本音で答えてしまった。

「それにまだ一ヶ月あるので、引き続きよろしくお願いします」

榊さんは何か言いたげな顔をしていたけど、気づかなかったフリをして背を向け自席に着く。

自分のことなのに蚊帳の外なのは、やっぱり腹立たしい。

それでも、会社という組織に属している以上、私にできることも、選べることも限られている。

その日の定時後、私はいつも通勤に使っている東銀座駅の都営浅草線ではなく、銀座一丁目駅から有楽町線に乗った。

江美さんの家には、改めて住所を確認する必要がないくらいには行っている。

混雑した有楽町線で揺られること数駅、江戸川橋駅で下車して徒歩十分、江美さんのマンションに到着した。五階建てのこぢんまりしたマンション。

前にここに来たのは、年明けすぐのこと、江美さんの誕生日だった。

――彼氏にドタキャンされちゃったけど、亜夜が来てくれてホント嬉しい！

江美さんの彼氏は忙しい人なのか、江美さんは予定をドタキャンされてばかりいた。

そんな様子に私は約束が当てにならない父のことを思い出したけど、それは口にはせず「それなら私がいつでも来ますよ！」と約束した。

２Ｋの、一人暮らしにしては少しゆとりのある間取りの部屋。日本各地だけじゃなく、世界各国のガイドブックが本棚にはずらりと揃っていた。

江美さんは、彼ともよく旅行に行っていた。飛行機が苦手だけど彼との旅行のときはブルブル震えながらがんばって乗ってる、と笑って話してくれたこともある。私は江美さんの家に呼ばれることはあっても一緒に旅行をしたことはなく、そこに密かに引け目を感じていたりもした。

だから。

――ねぇ亜夜、今度一緒に、クルーズツアー行かない？

江美さんがそんな風に誘ってくれて、どれだけ嬉しかったことか。

こんなことがなければ、本当は明日出発する予定だった。海の上で四泊五日、江美さんと同じ部屋で五日間を過ごすはずだったのに。

マンションのエントランスの自動扉をくぐり、江美さんの部屋番号を押した。

インターフォンが鳴る。

「江美さん……」

けど、返ってくる声はない。

祈るように、もう一度だけ部屋番号を押した。

インターフォンの音がエントランスに響くも、やはりそれだけ。

私はマンションをあとにした。


江美さんのマンションから自宅まで戻るのに、約一時間かかった。

昨日お昼にパフェを食べて以来、気が進まなくても食事だけはとろうと決めていたので、途中のコンビニで海苔弁当を買う。

私の一人暮らしのマンションの間取りは、江美さんの部屋より一回り狭い1K。コンビニで温めてもらったお弁当の蓋を開けると、湿り気のある海苔とおかかの匂いがたちまち充満した。部屋にテレビはない。平たくなった座布団の上に座ってテーブルに着き、おかかのご飯やソースの染み込んだコロッケを機械的に口に運びつつ、片手でスマホを操作する。ＳＮＳの類はやっていない。これといった目的もなく、ニュースサイトを適当に巡回する。政治家のスキャンダル、自然災害、海外のデモ、スポーツニュース……。

スマホも箸も置いて膝を抱えた。

この世界は、私の事情なんて関係なくいつだって回り続けている。

誰とも繋がっていない私のことなんて、誰も知らない。

なんて一人なんだろう。

両親が家にいた子どもの頃も、不仲な両親に期待して、顔色を窺って擦り寄って、それでも最後には裏切られて一人になった。

学校でも人の輪に入るのが苦手で、教室では一人で過ごしてばかりだった。

誰かに期待するのはやめた。それならせめて、一人で楽しめればいいと思ってた。

そう、かつての私は、一人を楽しめていたはずなのに。

——川波さん、今日の定時後、二人でご飯しない？

社会人になって、遠慮する私にはおかまいなし、あれこれ世話を焼いてくれたのが江美さんだった。

自分から動けなかった私のところに、唯一飛び込んできてくれた人。

——亜夜って呼んでいい？　なんか妹みたいにかわいいんだもん。何かあったらいつでも連絡してね！

初めて、人に頼ってもいいんだと思った。

江美さんには、プライベートのことでも仕事のことでもなんでも相談できた。何かあれば江美さんがいる。そんな風に他人を信頼できたのは、初めてのことだった。けど、江美さんはもういない。

これからは、何があっても一人でどうにかするしかない。

大人なら、社会人ならきっとそんなの普通のこと。

頭ではそう思うのに……。

スマホが小さく振動し、もしかして、とわずかな期待を抱いて見ると、ジャパン・フォレストのメールマガジンの通知でがっかりする。週に何回か、お得なツアー情報を配信しているのだ。

……旅行にでも行こうかな。

明日からの有給申請は取り下げてしまったけど、一日か二日くらい、申請し直してもいいかもしれない。一泊二日か二泊三日で、近場の温泉でも、飛行機で北海道（ほっかいどう）や九州に行くのでもいいかも。

ジャパン・フォレストのページを早速開き、ツアー情報を眺めてく。

こういうとき、気分転換に最適なのが旅行。

一人でだって楽しいって、私は知ってるじゃないか。

綺麗な景色とおいしい食事、温泉でもなんでも、非日常に浸ればこれくらい、なんてことない。

ツアー検索画面を表示する。日付を指定し、利用人数の欄にデフォルトで表示されている「2名1室利用」を「1名1室利用」に変更しようとした。

……なんてことない、はずなのに。

スマホを操作していた指が、ピタリと止まってしまう。

旅行会社のプランは、二名一室利用を基本設定にしているものが多い。旅行というのは、誰かと一緒に行くもの。そんな常識を押しつけられているようで、それが昔から嫌でたまらなかった。

一人でも行けるのに。

一人で行くしかないのに。

旅行をしようという気持ちはたちまち萎え、床の上に仰向けに転がった。この数日、ろくに掃除をしていなかったせいで床の上に小さなゴミが見える。そして壁際には、捨てるに捨てられずにいたパンフレットが放ってあった。

江美さんと行くはずだった、クルーズツアー。チケットはもう、江美さんの家に届いているはずなのに。

あー、と声を出して両手で顔を覆う。

何もしたくない。

ここにいたくないのに、どこかへ行くこともしたくない。

このまま何もないところに沈んじゃいたい。

――床に転がったまま、どれくらい経っただろう。

テーブルの上に放置していたスマホが振動する音が部屋に響き、顔を覆っていた手をゆっくりとどけた。

私にメッセを送ってくる人間なんていない。またどこかの企業のメールマガジンかと思ったものの、バイブレーションは一定間隔で鳴り続けていて、それが着信だと気づいた。

……江美さん？

飛び起きてスマホを見るが、表示されていたのは意外にも倉持くんの名前。

倉持くんが用もなく電話をかけてくるとは思えなかったものの、すぐに着信を取る気にはなれなかった。けど、気づかなかったフリをしようか迷っている間にもスマホは振動を続け、ため息を一つついてから通話ボタンをタップする。

『さっさと出てくださいよ』

開口一番に文句を言われた。

「こっちだって忙しいんだから……」

我ながら声が弱々しい。

けど私の文句は聞き流し、倉持くんはすぐに本題を切り出した。

『急で申し訳ないんですけど、明日からまた補助添乗員できませんか？』

「明日から？」

つい壁のカレンダーに目をやり、『クルーズ旅行！』という自分の手書き文字を見てまた悲しくなった。それから、ベッドの枕元にあるデジタル時計に目をやる。現在時刻、午後九時前。

「倉持くん、なんでこんな時間に仕事の電話してるの？」

『こっちだってこんな電話したくてしてるわけじゃありません』

榊さんに頼まれたんだろうか。

『補助添乗員、できますか？　できませんか？』

「私は草津にも伊香保にも行ったんで、今回は倉持くんがやったらいかがでしょう？」

『嫌です』

だと思った。

「……いいよ、わかった」

『ありがとうございます。必要な書類や資料は明日俺が現地で渡すんで、川波さんは四泊分の着替えと荷物を用意してもらえれば問題ないそうです』

「四泊も？　ねぇそれ、どこ行きのどんなツアー？」

『説明が面倒なんで、明日資料読んで確認してください』

「えぇぇ……」

『明日の集合時間と場所はこのあとメッセで送るんで。それじゃ、よろしくお願いします』

それ以上の質問は許さないと言わんばかりに、通話はさっさと切られてしまった。

こんなテンションで補助添乗員なんて、できるんだろうか……。

仕事ならやるしかないと思えど、仕事だからってなんでもできるわけじゃない。

こんな状態だし、何がなんでも倉持くんに押しつけるべきだった。

スマホを手に後悔していたら、倉持くんから予告されていたメッセが届く。重たい気持ちでそれを見た瞬間、スマホが手から滑って音を立てて床に落ちた。

午前八時過ぎ。通勤時間帯ではあるけど、東京方面から横浜方面へ向かう電車はそこまで混雑しておらず、みなとみらい線の日本大通り駅に着いたときには約束の時間より十分以上早かった。

そして、改札前で待つこと数分。

見慣れたスーツ姿の倉持くんが現れた。

「おはよう」

念入りに化粧はしたものの、ぼってりした目蓋と目の下のくまは隠し切れなかった。ヒドい顔だとか言われるんじゃないかと内心予想していたものの、「おはようございます」といつもどおりのクールな挨拶だ。

倉持くんは私のところまでやって来るなり、持っていた書類ケースを押しつけるように渡してきた。

「それ持って横浜港のターミナルに行って、中身はそこで確認してください」

こんな展開になるんじゃないかと思ってはいたけど、あまりに予想どおりすぎて笑ってしまう。

「やっぱり横浜港なんだ」

「何が『やっぱり』かはわかりませんけど、書類一式、ちゃんと渡しましたからね」

言うだけ言って余計な雑談一つせず、倉持くんはさっさと私に背を向けようとする。

「倉持くん、ここまで来たのにもう帰るの？」

「帰るっていうか、これから出社するんですよ。定時前だっていうのにこんなところまでお遣いさせられるなんて、人使い荒すぎですよ」

ぶつぶつ言いながらＩＣカードをタッチし、改札をくぐってから倉持くんはこちらをふり返った。

「土産物のリストはあとで送ります」


書類ケースを手にし、私は覚悟を決めて歩きだした。四泊分の荷物を詰め込んだキャリーケースが、ガタガタと音を立てる。

地下階の駅を出るなり視界に広がった空は突き抜けるようなブルーで、潮の香りに包まれた。まだ気温はそこまで高くないけど、昼になったらまた二十五度を超えそう。

港の方へ歩いていくと、それはすぐに目に飛び込んできた。

海上に浮かぶ白いホテル、クルーズ船。

国内のみを巡る船なので、外国船籍の豪華客船に比べたらコンパクトだ。それでも全長一八〇メートル以上、六百人以上の乗客を迎えられるサイズで、近くで見ると圧倒されてしまう。

ターミナルの建物に到着すると、乗船受付まであと少しだからか、私のようにキャリーケースを持っている旅行客の姿が数多く見られた。壁際の空いているスペースを陣取り、倉持くんにもらった書類ケースを開けると、チケットやバウチャーなどが一式収まっている。

旅程表の右上には、「ご旅行者：川波亜夜様」との記載。

「おはよう、亜夜さん」

そして、予想に違わず榊さんが現れた。

「下手な嘘、つかないでくださいよ」

クルーズツアー、それも国内のみの航路なら、添乗員なしのツアーの方が一般的だ。

補助添乗員だなんて、そもそもおかしな話でしかない。

「だって、こうでもしないと亜夜さん来ないでしょ？」

「有給申請、却下したはずです」

「ごめん、却下しないでそのまま申請通しといた」

乗船受付が始まる旨のアナウンスが流れ、ターミナルで待機していた人たちが入口の方へ動き出す。

「このチケット、どうしたんですか？」

「もちろん、日比野さんから受け取ったんだよ」

さらりと口にされたその名前に顔を上げると、榊さんは優しく笑んだ。

「船に乗れば、日比野さんと話せるよ」

「江美さん、来てるんですか……？」

チケットを持つ手が震えた。けどいくら訊いても榊さんはそれ以上は教えてくれず、仕方ないので言われるがまま乗船手続きを済ませる。榊さんはどうするんだろうと思っていたら、船に乗り込む気満々でしっかりキャリーケースを転がしており、私に続いてゲートをくぐった。

「榊さんは、なんでチケット持ってるんですか？」

「そりゃもちろん、自分で買ったからだよ。国内クルーズだから直前でもチケット取れたけど、海外クルーズだったら無理だったね」

人の流れに従ってターミナルと客船を結ぶ通路を歩いていく。客船に踏み入ると、すぐに吹き抜けのある、シャンデリアのぶら下がった豪奢なエントランスロビーに出た。榊さんに促されるまま、チケットに記載された客室へと向かう。

江美さんと相談して予約したのは、海を望めるオーシャンビュー客室。

……江美さんは、待ってくれているんだろうか。

ドアには鍵がかかっていて、はやる気持ちを抑えながらカードキーを使って開けた。

海に面した大きな窓。

並んだ二台のベッド。

小さなテーブルと二人がけのソファ。

こぢんまりしたツインルームには、誰もいない。

「変な期待、させないでくださいよ……」

期待が大きかっただけに脱力し、ソファに腰を落とした。

すると、私の後ろからやって来た榊さんが、テーブルの上におもむろに何かを置いた。

開いたノートパソコン。

「僕は外で待ってるから」

それだけ言い置いて、榊さんは客室を出ていく。

けど、私の目はノートパソコンの画面に釘づけで、榊さんに返事をする余裕などはなかった。

『……久しぶり』

画面の中で遠慮がちな笑みを浮かべていたのは、江美さんだった。

久しぶりに見る江美さんは、少し痩せたように見えた。画面越しだからだろうか。ノートパソコンはテレビ通話がＯＮになっていて、私の間の抜けた顔が左下の小さなボックスに表示されている。

江美さんは言葉を続けた。

『ごめんね、連絡できなくて』

「江美さん……今、どこにいるんですか？」

黒っぽい座席のようなものが背景に見える。車の中？

江美さんは私の質問には答えず、静かに、ゆっくりと頭を下げる。

『本当に、本当に申し訳ありませんでした』

心のどこかで、そんなわけないって現実を認められずにいた私は、とうとうトドメを刺された。

こんな風に謝る江美さんなんて見たことなくて、絶句する。

私が黙ったままでいると、江美さんは顔を上げて話しだした。その目は、心なしか赤く見える。

『亜夜に合わせる顔なんてないし、本当は会わずにいようと思ってたけど……やっぱり、亜夜とは逃げずに話さなきゃダメだって思ったから』

あんなに会いたかった江美さんと、画面越しではあるけど話せている。

それを急に実感し、鼻と目の奥が湿っぽくなって顔の表面に熱が集まってきた。堪えようと思うのに、涙はあふれて嗚咽が漏れる。

「ずっと、会いたかったんです……」

『ごめん……本当にごめんね……』

江美さんもハンカチで目元を押さえた。けどすぐに顔を上げ、静かに話し始める。

『あまり時間がないから、話だけさせて。今さら、こんな言い訳してもしょうがないかもしれないけど。――亜夜によく、彼氏の話、してたでしょ？　実は彼、ブルー・ツーリストの社員で、妻子持ちなの』

思ってもみなかった話に私が息を吞むと、江美さんは歪んだ笑みを浮かべた。

『今思えば、長いことバカなことしてたなって感想しかないんだけど。ずっとずっと、必死でさ』

少しでも気を引きたくて、繋ぎ止めたくて、社内の情報を会う度に話すようになっていったのだという。

……どうして気づかなかったんだろう。

誕生日などのイベントごとがあっても、忙しくてなかなか会えない彼。

江美さんは私よりずっと大人だし、そういう割り切った関係もあるんだろう、なんて憧れすら抱きながら見守っていた。

実際は、江美さんはずっと苦しんでいたのに。

『亜夜が必死に営業して、やっと口説いた旅館のことだって、私は自分のために利用した。本当に最低だよね』

「そんな……そんなの！」

私はノートパソコンを置いているテーブルを両手で叩いた。

「江美さんは悪くない！　江美さんだってたくさん苦しんでたのに……気づかなかった私も悪いんです。プランだってそんな、江美さんがいなくなることに比べたら、どッと笑う。

「うでもいいじゃないですか！」

つい勢いでそんなことを言ってしまったものの、私の顔を見るなり江美さんはクスッと笑う。

『どうでもよくなんてないくせに。顔に書いてあるよ』

「でも――」

『亜夜は、怒っていいんだよ。どうでもいいなんて、そんな嘘つかなくていいんだよ』

ゆっくり丁寧に、一語一語しっかりと言い聞かせるような口調。

それは、新人時代に私に仕事を教えてくれた江美さんの口調そのまま。

『どうでもいいなんて言えるような仕事、亜夜はしてきてないでしょう？』

優しく問いかけられて嘘なんてつけず、結局大きく頷いた。

大事なプランだった。

たくさんのお客さんにこの旅館を知ってもらいたいって、そんな一心で作ったプランだった。

急になかったことにされて、泣くほど悔しい思いだってした。

「だけど……江美さんにいなくなってほしくないのも、本当なんです」

また声を震わせた私に、江美さんは『ごめん』と今日何度目かわからない謝罪をくり返す。

そして、江美さんは力をふり絞るように笑顔を作った。

『亜夜は、私みたいな仕事、絶対にしちゃダメだからね！』

精いっぱいの空元気が見て取れるその言葉に、この時間がそう長くは続かないことを察した。

「江美さん、私――」

けど、江美さんは私の言葉を遮る。

『亜夜と一緒に旅行するの、本当に楽しみだったんだ。けど、私にはそんな資格、最初からなかったんだよね』

「待ってください！」

『本当にごめんなさい。亜夜が一緒にいてくれて、私も楽しかった。これからも元気でがんばってね』

私がソファから立ち上がったのと、画面から江美さんが消えたのはほぼ同時だった。

ディスプレイには、通話が終了した旨が表示されている。

……これで、本当に最後なの？

脚の力が抜け、ほとんどくずおれるようにソファに再び座った。涙は止まらず勢いを増して、そのまま膝の上に突っ伏した。

大人になってから泣くことなんて、映画や漫画で感動したときくらいのものだったのに。この数日、私はどれだけ泣いたんだろう。

堪えても声が漏れてしまうくらい、泣いて泣いて泣いて、ハンカチが湿っぽくなっても嗚咽は止まらず、顔を伏せたまましばらく動けなかった。

「……亜夜さん、」

気遣わしげに名前を呼ばれた。私が江美さんと話している間はどこかに行ってくれていたらしい榊さんが、いつの間にか私のすぐそばに立っている。

「もうすぐ出航セレモニーだよ」

船出を祝う定番イベント。シャンパンなどがふる舞われたり、楽団の演奏があったり、見送ってくれる港の人たちにデッキから紙テープを投げたりもする。

「……そんな気分じゃないんで、一人で行ってください」

江美さんと楽しむはずだったこの船の何もかもが、今の私には辛すぎる。

「いいから」

「無理です……」

「日比野さんに会えるとしても？」

その言葉に顔を上げた。

榊さんが手を差し出してくれている。

目で問いかけると、大きく頷かれた。

私が涙で湿っぽくなっている手を前に出すと、榊さんは力強く摑んで引き、急かすように部屋から連れ出した。

ほとんど駆けるように廊下を進み、エントランスロビーに戻って階段を降り、いくつかの廊下の角を曲がって扉を開ける。

視界に青空が広がった刹那、にぎやかな空気に包まれた。

デッキは楽しい旅を予感させる管楽器の明るい演奏、ドリンクを楽しみながら談笑する乗客たちでいっぱいだった。誰も彼もがこれから始まる船旅に胸を躍らせている。

泣き腫らした顔の私に好奇の目を向けてくる人もいたが、そんなものはどうでもいい。

「こっち！」

私を引っぱる榊さんの手を離さないようにしっかりと握る。

榊さんは人混みを縫って船尾の方へ向かい、やがて足を止めて港の方へ目をやった。

「――あそこ!」

榊さんが指差した方を、メガネを外して目元をこすってから凝視する。

船を見送る人の姿がポツポツとあった。

目を凝らし、一人ずつ見て、そして。

江美さんを見つけた。

海風に吹かれる長い髪を押さえ、ぼんやりと船を見上げている。私には気づいていない。

「江美さん!」

楽器の演奏や汽笛、人々の談笑で私の声などすぐにかき消されてしまう。

すると、「これ、」と榊さんに何かを差し出された。

ピンク色の紙テープ。

見ると、デッキの手すりから気の早い乗客がもう紙テープを外に向かって投げ始めている。

「――江美さん!!」

私は全力で叫び、ふりかぶってピンク色の紙テープを投げた。

出航を知らせる、甲高い汽笛が辺りに響く。

江美さんが私を見た。

くしゃりと笑うように顔を歪ませた江美さんは、深々と頭を下げる。

——その姿を見て悟った。

きっともう、その頭は上がらない。

江美さんが私を見ることは、二度とない。

船が動き始め、旅の始まりを告げるアナウンスが流れた。デッキにいたたくさんの人たちが紙テープを投げ、見送る人たちに大きく手をふる。

船はゆっくりと港から遠ざかり、やがて江美さんの姿は見えなくなった。


デッキの手すりに掴まったまま、どれだけぼんやりしていただろう。

「出航しちゃった……」

涙は乾いてもう出ない。けど目蓋はぼってりと膨らみ、目の下は潮風にヒリヒリと痛む。

そして、ずっと隣にいてくれた榊さんの横顔にポツリと訊いた。

「なんで、こんなことしてくれたんですか？」

倉持くんもこんなところまで来てチケットを渡してくれ、榊さんなんて船に乗り込むことまでしてくれて。もう、さっぱりわけがわからない。

黙って海原を見つめていた榊さんは、ゆっくりとこちらに顔を向けた。

「日比野さんに連絡を取ったら、旅行はまだキャンセルしてないって言うからさ。そのプランを、亜夜さんのこれからのために使わせてくれないかって頼んだんだ。亜夜さんに会えないなら、せめて話くらいしてもらえないかって」

「これから？」

榊さんは大きく頷いた。

「日比野さんとのことに決着をつけるのは、これからの亜夜さんに必要なことだと僕は思った。倉持も、同じ気持ちだから協力してくれたんじゃないかな」

私は大きく息を吸って、吐き出した。

身体の中で、肺が膨らんで萎むのを感じる。

ドクドクと血管は脈打ち、心臓が鳴る。

私は生きていて、これからも生きていかなきゃいけないんだって実感した。

「榊さん、」

「何？」

「お節介です」

「3課は、そういう場所でしょ？」

「倉持くんなんて、無駄なことはできないとか言ってたくせに」

「亜夜さんのために動くのは、倉持にとって無駄なことじゃなかったんじゃないの？」

もう出尽くしたと思っていたのに、うっかり別の涙が浮かびかけ、慌ててハンカチで押さえた。

……もうホント、この人たち、なんなんだろう。

おかげで、私までつい余計な話をしてしまう。

「私……初めての家族旅行に行くような気分だったんです」

私には、家族旅行の思い出がない。

だから、姉のように慕っていた江美さんに旅行に誘われて、密かに胸をときめかせていたのだ。

初めて家族旅行ができる、と。

「まぁ、結局、一人ですけど」

それから、勢いに任せて訊いた。

「十年前、クルーズツアーで私の担当をしてくれたメガネの添乗員、榊さんですよね？」

三ノ輪さんのツアーの際、風呂上がりのメガネ姿を見て唐突に記憶が鮮明に蘇った。

メガネの形こそ変わっていたけど、光を透かす明るい色の髪に、甘いマスクに柔和な笑み。

あの添乗員は、榊さんだ。

十年前のクルーズツアーは、確かに森沢観光のプランだった。それもあって就職活動の際、私は森沢観光にエントリーしたのだ。社内にまだあのときの添乗員がいたって、まったくおかしくない。

榊さんのメガネ姿を目にしたあのとき、私が平静を装うのにどれだけ苦労したか、きっとこの人はわかってない。ましてや、あの添乗員を真似るように伊達メガネまでしてたなんて、絶対に口にできない。

「なんで、3課に配属になったときに言ってくれなかったんですか？」

映像記憶能力があり、私が担当したプランをすべて覚えていたくらいだ。担当した、ましてや自分が個人的にプランを作った客だったら、榊さんなら名前くらいは絶対に覚えているはずなのに。

「ごめんね。もちろん、亜夜さんの名前は忘れたことがなかったよ。人の顔を覚えるのは苦手だから、顔の方はちょっと自信がなかったけど」

「ならどうして――」

「亜夜さんが僕のことを覚えてないなら、言う必要はないと思ったんだよ」

榊さんはキッパリとした口調で続けた。

「亜夜さんにとっては取るに足らない思い出の一つなのに、僕が覚えてるって教えられても困るでしょ？」

感情的には納得できない部分もあるけど、私が覚えていなかったなら、確かにそうかもしれない、けど。

私が憮然(ぶぜん)とした顔をしていたら、榊さんはおどけるようにつけ加えた。

「まさか、あのクルーズがきっかけで亜夜さんがうちの会社に入ったなんて、僕も思ってなかったからさ」

カッと頬が熱くなる。カフェで話したときのことは、思い出すだけで悶絶(もんぜつ)しそう。本人を目の前にあんな話をしていただなんて、想像できたわけがない。

両手で顔を覆って「もう忘れてください……」と頼むも、「やだ！」と笑われた。

それから榊さんは、柔らかく笑んだままあの日の話をしてくれる。

「あのクルーズツアー、急に添乗員が足りなくなって駆り出されてのことだったんだよね。で、実はあの頃、僕、別の業界に転職しようか迷っててさ」

思いがけない「転職」という単語に目を丸くしていると、榊さんは言いにくそうに言葉を続けた。

「その少し前、遠方のツアーの添乗中に、妹が交通事故に遭ってさ。死に目に間に合わなかったんだ」

前にチラと話していた、妹さんのことか。

潮風に吹かれ、少し乱れた前髪を榊さんはかき上げた。その目は、凪いだ海原のはるか遠くを見るようなものになっている。

「十年前は森沢観光ももっと小さな会社で、社員が添乗に駆り出されるなんてしょっちゅうでね。時間的な拘束も多いし休日も変則的。自分には何が大切なのか考え直すべきなんじゃないかとか、結構まじめに考えてたんだよね。あの頃は僕も若かったし。

——だけど、」

榊さんはそう言葉を切って、私に目を戻す。

まっすぐ向けられた視線に、たちまち鼓動が速くなった。

「だけど……？」

私がそっと訊くと。

榊さんは、その顔をくしゃりとさせて笑った。

「あのクルーズで、亜夜さんが笑顔を見せてくれた。あれを見た瞬間、あぁやっぱり、僕はこの仕事が好きなんだなって、改めて思うことができたんだ」

榊さんのこんな笑顔、初めて見た。

それが曇り一つない心からの言葉なのが伝わってきて、胸の奥が震えてしまう。

自分が誰かにそんな風に影響を与えたなんて、信じられなかった。

それも、私が多大なる影響を受けたその人になんて。

「そしたら四年前、新入社員にその子の名前があった。ほんっとうにびっくりした！」

胸が詰まりすぎて何も言えなくなっている私の手を、榊さんはそっと取った。

「気になって気になって気になって、もうどうしようもなかった。でもその頃には僕は3課の人間になってたし、顔を見に行ったりしたら歯止めが利かなくなりそうだったから、それならせめて亜夜さんの仕事ぶりをこっそり見ようって決めたんだ。僕は、亜夜さんが元気でいてくれて、しかもここで仕事をしてるってだけで、毎日嬉しくて仕方なかった。そしたら、なんの因果か君は3課にやって来た！」

――亜夜さんのことをずっと見てた、僕の気持ちを知ってもらいたいだけだから！

榊さんのそんな言葉を思い出すなり、顔が熱くなっていく。

好きだのなんだの毎日のように言ってくるし、からかい半分みたいなものだって、受け流していたのに。

榊さんの〝ずっと見てた〟、重すぎじゃない……？

私なんかを相手に、なんと重く、まっすぐで、気の長い想いなのか。

「日比野さんのことは、本当に残念だと思う。できることなら、亜夜さんを傷つけない形で穏便に済ませたかった」

でも、と榊さんは続ける。

「僕としては、何より亜夜さんの名誉を守りたかった」

心の中で、白旗を揚げた。

完敗。

この人は、誰よりも、私自身よりも、私のことを考えてくれていたんだって嫌でも理解させられた。

それに、どうして文句など言えようか。

「もう……いいです。江美さんと話す機会も作ってくださいましたし」

ハンカチで顔を拭い、深々と頭を下げた。

「本当に、ありがとうござい――」

「ところで亜夜さん」

心からのお礼を明るい口調で遮られ、きょとんとして顔を上げる。

「僕と、家族旅行しない？」

「突然、なんの話です？」

「ここに、亜夜さんと家族になりたいと思っている人間がいます！　亜夜さんが一人だって言うなら、僕が家族になって一緒に旅行するのはどうかな？」

完敗、だとは思ったけど。

……やっぱり、この人はどうかしてる。

おまけに、〝ずっと見てた〟の真相がわかったあとじゃ、とてもじゃないけど今までみたいに軽くは捉えられない。

だけど。

理解できたばかりの事実は、私の胸をほのかに温かくもしてくれた。

親には期待できず、姉のように慕っていた江美さんもいなくなってしまった。

だけどこの人だけは、ずっと私を見守ってくれていた。

その事実だけで、今の私は十分に救われる。

まっすぐにこちらを見る榊さんと目を合わせ、そして。

私は吹き出した。

クスクス一人で笑っていたら、不思議そうな顔をされてしまう。

「僕、何かおかしなこと言った？」

「おかしいのはいつもです。だって家族旅行とか……わけわかんないですよ！」

「そう？　僕はハッピーだし、亜夜さんも念願叶ううえに有給も行使できるし。それにほら、もう船は出てるわけだしさ」

そんな言葉に、今さらながらギョッとした。

江美さんのことで頭がいっぱいで、榊さんがここにいるということの意味をあまり深く考えていなかった。

この船、四泊五日しないと横浜に戻れないのに！

「榊さん、チケット買ったって言ってましたけど……仕事は？　っていうか、そもそもここにいて平気なんですか？」

「3課には倉持がいるから問題なし」

五日の留守を預けるために、どれだけの賄賂（わいろ）が必要だったんだろう。

「もう……旅行する準備万端じゃないですか」

「そりゃ、旅のプロだからね」

そして榊さんは、おもむろに何かのパンフレットを取り出すと。

「じゃじゃーん」なんて効果音つきで広げた。

「この五日間、僕は亜夜さんの添乗員をやります」

突然の申し出に、ひゅっと息を呑む。

「グルメでも史跡巡りでもエンタメでも、なんでもリクエストしてください！　この旅では、十年ぶりに僕が亜夜さんのためにプランを作るよ」

懐かしさの込み上げるその言葉に、抑えようもなく胸が高鳴っていく。

「いいんですか……？」

「大事なお客さま一人ひとりに寄り添うのが、３課の——僕たちの仕事だよ」

十年前も、こうだった。

こんな風に寄り添ってもらえたから、私は旅を楽しめた。

旅を好きになったのだ。

そして私は今、私にそう思わせてくれたこの人と、同じ仕事をしている。

これ以上、何を望んだらいいんだろう。

「……私、めちゃくちゃ注文つけますからね！」

「せっかくの有給だし、勉強がてら色々観て回りたいです」

「任せなさい」

「いいね」

「あと、その……」

「その？」

見慣れたはずの榊さんの笑顔なのに、どうしようもなく鼓動が速くなってしまう。うるさいくらいに心臓が鳴り、身体が茹で上がるように熱くなっていくのを感じながら答えた。

「少しだけでいいんで、その……榊さんのことも、教えてください」

榊さんがポカンとした顔になってしまい、私は慌てて補足する。

「ほらその、私、榊さんのこと、なんにも知らないじゃないですか！　榊さんは私の個人情報いっぱい握ってるのに、その……フェアじゃないです！　そ、それに何も知らないのに家族旅行とかわけわかんないし、その、だから……だから！」

結局、墓穴を掘ってしまってうなだれた。

そして一方の榊さんはというと。

見る間に顔をまっ赤にしていき、最後は両手で覆って天を仰ぐ。

「……なんですか、その反応は」

「僕の亜夜さんがかわいすぎて辛い……」

「所有格つけないでくださいよ」

「ご要望があればウェディングプランも承ります！」

「結構です！」

汽笛が鳴る。青い空をカモメが飛び交い、爽やかな潮風が吹き抜ける。

船は波を切り、大海原を進んでく。

私たちの旅行は、まだ始まったばかり。

Next Preparation

四泊五日のクルーズツアーの間に六月になり、梅雨の季節に本格的に突入した。

ツアーから帰宅した翌日。榊さんも大量のお土産を買い込んでいたけど、私もそれとは別に買ったお菓子を倉持くんに進呈した。

「なんか色々、ご迷惑をおかけしました」

私が差し出した菓子箱五つを遠慮なく受け取ってから、倉持くんは訊いてきた。

「まぁ、元気になったんなら、よかったんじゃないですか」

「それはもう、おかげさまで」

五日もまとめて休暇を取ったのは久しぶりで、なんだかんだリフレッシュしてしまった。

「五日も一人で大丈夫だった？」

「そんなに仕事がないことくらい、川波さんも知ってるじゃないですか。それに、面倒なメールは榊さんが捌いてましたし」

「あ、そうなんだ」

ツアー中の五日間、榊さんは3課の仕事をしてる素ぶりなんてまったく見せなかった。

私に一切の気なんて遣わせず、しっかりもてなされてしまったようだ。

「それにまぁ、これは異動前の餞別（せんべつ）みたいなものってことで。あ、このお土産はもちろんもらいますけど」

異動、という言葉に私は切り出した。

「実はそのことなんだけど――」

おはよー、とあいかわらず課長の威厳などない柔らかい挨拶をして榊さんも現れた。

昨日までと変わらない榊さんなのに、オフィスで会うとちょっとよそゆきな感じもしてしまい、なんだか距離の取り方に困る。

「亜夜さん、昨日はちゃんと帰ってから休めた？」

内心の動揺は見せず、はい、とこちらもいつもどおりを心がけて答えた。

「五日間、ありがとうございました」

「僕こそ、亜夜さんと家族になれてもう至極幸せっていうか……」

倉持くんのじと目に気づき、「家族とか気にしないでいいから！」と即座にフォローして顔を赤くする。

クルーズ中、榊さんの望むような展開は何もなかったものの、榊さんの真意を知ってしまった今、やはり以前よりは何かと意識してしまう。

……と、そんな私の感情面の問題はともかく。

榊さんも出社したことだし、ちょうどいい。

今し方倉持くんに話そうとしたことを、改めて二人に報告した。

「異動のことで、さっき人事課に寄ってきたんです」

あぁ、と榊さんが課長席のカレンダーを見た。

「異動まで、もう一ヶ月切ってるもんね」

「はい。予想外に五日間も空けることになっちゃって、まだ正式な返事もしてなかったので」

私は榊さんと倉持くんに改めて向き直って、そして。

全力で頭を下げた。

「今後も引き続き、よろしくお願いします！」

ポカンとした間のあと、え、と困惑気味に声を漏らしたのは榊さんだった。

「ちょっと待って。それって、」

「榊さんが私のために色々動いてくれたってことは、重々わかってます」

「だったら1課に――」

「『うちの課には、個人に寄り添えるプランナーこそ必要だ』って言ったの、榊さんじゃないですか！」

伊香保で同じ部屋に泊まったとき、ずっと憧れてた、目標にしてた〝メガネの添乗員〟に、そんな風に褒めてもらえて、改めて思ったのだ。

この業界に入って、この会社に入ってよかったと。

私がやりたかったのは、こういう仕事だったんだと。

色々あったけど、五日間のクルーズでその気持ちを再確認できた。

「私がやりたい仕事はここにあります。どうかやらせてください！」

私がもう一度頭を下げた、その直後。

「……やっぱり暑苦しい」

そうボソッと呟くなり、倉持くんがクックックッ笑いだす。

榊さんは困り顔のまま、そんな倉持くんの肩をパシパシ叩いた。

「倉持ってば、笑ってないで亜夜さん止めてよ！」

「嫌ですよ。俺、無駄なことはしないタチなんで」

倉持くんはそのまま笑い続け、榊さんはすっかり弱り切った顔だ。

「亜夜さん、僕は――」

そのとき、榊さんのデスクの電話が鳴った。

榊さんは続きを話したそうに私を見たものの、渋々電話に手を伸ばす。

「はい、こちら国内商品仕入企画部3課、榊です。……はい？」

榊さんは狐につままれたような顔になり、受話器を耳に当てたままパソコンの方に回ってマウスを操作し始める。

「はぁ……はい、大丈夫です。優秀な課員が二人もいるんで」

電話を切った榊さんは、私と倉持くんを見た。

してやったりと言わんばかりの、満面の笑み。

「オーダーメイドプランの申し込みメールが殺到してるって、販売部から電話。しかも、プランはどれも『3課にお願いしたい』ってご指名つき」

私と倉持くんは思わず顔を見合わせ、慌てて榊さんの席に駆け寄った。

「なんでそんなことになってるんです？」

倉持くんの質問に、榊さんは何かの記事をブラウザで表示して見せてくる。

「原因はこれみたい」

表示された写真を見て息を呑んだ。

三ノ輪さんだ。

「『星屑温泉郷』、映画化が決まったんだね」

記事は、その記念インタビューだった。

『――連載が終わってしばらくはスランプ状態だったんですが、そんなとき、温泉旅行に行ったんです。素敵な添乗員さんがすごく親身に色々考えてくれて、昔のことを思い出したり、色んなアイディアが浮かんだりと、とてもいい刺激になりました。今は、新連載の準備をがんばっています。

森沢観光さんのオーダーメイドプラン、特に3課の社員さんがとても丁寧に対応してくださるので、すっごくおすすめです！』

震えるほどの感謝で胸が詰まる。

すると、榊さんに軽く肩を叩かれた。

「個人に寄り添えるプランナー、確かに3課(うち)には必要みたい」

そして榊さんは仕事モードの顔になり、私たちに指示を出していく。

「とりあえず、二人も今来てるメールに目を通して。僕の方で依頼を整理したら、どう分担するか考えよう」

「了解」

「がんばります！」

今日の仕事が始まった。

ミーティングをして、メールに返信をして、プランを考えて、また新しいメールが届いて。

目まぐるしく働いているとあっという間に時間が経って、私は凝り固まった身体を解すために席を立った。

椅子に摑まって軽くストレッチをし、フロアを見回していて気がつく。

カウンターエリアとオフィスエリアを分けているパーティション。その隙間から、所在なげに立っている若い女性の姿が見えた。

私は少し身なりを調えてから、カウンターエリアに移動する。

見ると、女性は何やら古そうな写真を手にしていた。どうやら、3課のお客さんのよう。

「お客さま」と私は女性に声をかけた。

「目的地はお決まりですか？」

あとがき

最後までお読みいただきありがとうございました、神戸遥真（こうべはるま）です。今作はメディアワークス文庫としては六冊目の著書になります。

今回は旅行会社が舞台のお話でしたが、みなさん、旅行は好きですか？

私は最近は海外旅行は年二回くらい、国内旅行は取材ついでに、というパターンでしょうか。ツアーにはあまり参加せず、自分で旅行クチコミサイトなどを見て行程とルートを決め、好きなペースで回ることが多いです。

旅行に行く理由は様々ですが、私の場合は頭をリセットするのが目的の一つ。

小説を書くのは好きですが、好きなだけについ土日も休みなく作業してしまいがち。忙しい日が続くと頭の中が文字だらけ、なんとなく重たくなってくるというものです。

そこで効果抜群なのが旅行。パソコンから離れて知らない街や自然の中を歩き回ると、見事に頭が空っぽになります。それに、数ヶ月先に旅行の予定を入れておけば、「あそこまでに今やってる原稿を終わらせる……！」と仕事にもメリハリが生まれるというメリットも。

そんな旅行ですが、今回は執筆前に伊香保温泉に取材旅行に行ってきました。取材なので頭空っぽというわけにはいきませんが、石段街、情緒があって温泉饅頭もおいしくてとても癒やされました。実は伊香保へ行くのは二回目だったんですが、石段街は初めて。ここは何段目と数えながら、足湯に浸かったりお土産を見たりと、これぞ温泉街を満喫できました。

さて、このあとがきを書いているのは二〇二〇年三月の半ばです。数年後に「あの頃大変だったよねー」と軽く話せる状況になっていればいいのですが、色々と自粛が続いており、旅行・観光業もかなりの影響を受けています。今作を読んで、落ち着いたらまた旅行に行きたいなと思っていただけたら幸いです。

それでは最後に。いつもオタクトークを楽しませていただいている担当様、各キャラがとても素敵な表紙イラストを担当いただきました加々見絵里（かがみえり）様、校閲様、デザイナー様など、この本に関わってくださったすべての方にお礼申し上げます。

それでは、また別の作品でお目にかかれましたら嬉しいです。

二〇二〇年　神戸遥真

〈参考資料〉

『図解入門業界研究　最新旅行業界の動向とカラクリがよ～くわかる本［第4版］』、中村恵二・榎木由紀子、秀和システム、２０１６
『るるぶ群馬　草津　伊香保　富岡 '20』、ＪＴＢパブリッシング、２０１９
『草津温泉ポータルサイト』、〈https://www.kusatsu-onsen.ne.jp/〉
『渋川伊香保温泉観光協会』、〈https://www.ikaho-kankou.com/〉

＜初出＞

本書は書き下ろしです。

メディアワークス文庫

目的地(もくてきち)はお決(き)まりですか？
～森沢観光(もりさわかんこう)どこでも課(か)～

神戸遥真(こうべはるま)

2020年4月25日　初版発行

発行者　郡司 聡
発行　株式会社KADOKAWA
〒102-8177　東京都千代田区富士見2-13-3
0570-06-4008（ナビダイヤル）
装丁者　渡辺宏一（有限会社ニイナナニイゴオ）
印刷　株式会社暁印刷
製本　株式会社ビルディング・ブックセンター

●お問い合わせ（アスキー・メディアワークス ブランド）
https://www.kadokawa.co.jp/（「お問い合わせ」へお進みください）
※内容によっては、お答えできない場合があります。
※サポートは日本国内のみとさせていただきます。
※Japanese text only

※定価はカバーに表示してあります。

Printed in Japan
ISBN978-4-04-913211-3 C0193

メディアワークス文庫　https://mwbunko.com/

本書に対するご意見、ご感想をお寄せください。

あて先
〒102-8177　東京都千代田区富士見2-13-3
メディアワークス文庫編集部
「神戸遥真先生」係

訳ありブランドで働いています。

～王様が仕立てる特別な一着～

神戸遥真

オシャレも恋も０点な女子が、
ファッション業界に!?

社長が失踪して会社は倒産、アパートは火事で焼失。私、一宮佳菜(24)は今最高に不幸だ。しかもうっかり背負った借金の返済の代わりに、洋服知識ゼロなのに個人経営の小さなアパレルブランドで働くことになってしまった！

検針？　展示会??　発送費が100円安くなるから、この大量の荷物を運送会社まで持っていけって!?!?　洋服の裏にはデザイナーやパタンナーたちの戦いが隠れていて——。

無愛想なコスパの鬼(※顔だけはいい)の代表に負けず、ブランド拡大を目指します！

メディアワークス文庫